U1001867

ON THE
ROAD

ON

THE

ROAD

ON THE ROAD

张昕宇
著

侣行 II [下]

中国新格调：爱到极致，行到极端

江苏凤凰文艺出版社
JIANGSU PHOENIX LITERATURE AND ART PUBLISHING, LTD

目录

侣行 II [下]

CONTENTS

第三章

别样桑巴

第四章

冲入亚马孙

第五章

浪漫东南亚

目录

侣行 II [下]

CONTENTS

前言

十年之约，相遇梦想

万米高空之上，飞机正在飞越大西洋。窗外是漫漫白云，梁红坐在我身边沉沉睡去，我却努力地睁大眼睛，试图在云层间寻找到一丝缝隙，可以透过它看到那漫无边际的汪洋。平静的，怒吼的，熟悉的，曾与我们日夜相伴的幽蓝。

从北京出发，经香港，再在巴黎转机，飞往布宜诺斯艾利斯，终点是马尔维纳斯群岛。这是一趟看望老朋友之旅，也是一次“回家”之旅。“北京号”正静静地停靠在马岛的港口里。

这一别将近一年，在无数个安睡的夜里，我和梁红都会不约而同地梦回太平洋，梦回“北京号”的船舱和甲板，梦回那些我们曾一起并肩作战、劈波斩浪的日子。

2014 年 3 月 7 日，德雷克海峡，风不平浪不静，狂风怒号、骤雨倾盆。距离马尔维纳斯群岛 90 海里，“北京号”

载着我、梁红、捷达、老布和球球五个人，在海上摇曳着。船上警报一直在响，各种仪器胡乱闪动，整个“北京号”已经遍体鳞伤了。我们几个人也是，球球躺在甲板上呻吟着，捷达在舱内趴着报海图，就剩下我和老布俩人还能站着操舵，梁红头上缠着绷带，倚着舱门给我们鼓劲儿。

渡尽劫波，万里远洋抛在身后，终于抵达南极，还在长城站完成了我和梁红的婚礼。浪漫的余温犹在，我们又扑进了怒海波涛里。抵达南极不是终点，我们要到了南极还能再回来，这趟挑战才算成功。

看着满船伤兵，我既心疼又兴奋，哑着嗓子给大伙儿鼓劲儿。“哥们儿几个坚持住，还有 90 海里咱们就靠岸啦。我们将创造历史，我们是史上第一批开帆船穿越太平洋到达南极的人。”我兴奋于完成挑战和梦想成真的成就感，我更兴奋于能带着大家抵达目的地，又都活着回去。一起去，一起回，这趟侣行才圆满。

行百里者半九十，最后一段海路走得惊心动魄。感觉“北京号”随时都会被风浪倾覆、撕碎，我们每个人都有可能被卷进怒海之中，绝迹人间。风雨飘摇之中，我甚至都忘了是怎么穿过最后那片雨幕迷雾的，一睁眼是豁然开朗，雨中马岛的港口宁静而平和，仿佛一个安详的母亲正张开双手，等着我们投入她的怀抱。进港，靠岸，我们几个人面面相觑，然后跪着抱在了一起，喜极而泣。我们成功了。

两百三十五个日日夜夜，两万海里的颠簸漂泊。有伤员，有旧人离去，有新人续航，没有伤亡。

末了，和风细雨中，我靠近桅杆，和“北京号”深情一吻。谢谢你，不抛弃，不放弃。它既是我们在茫茫汪洋中的家，是依靠；又是我们在天堑险途中的伙伴，是战友。

情深自知，再多恋恋不舍，终究要挥手作别。我们的环球旅行，从南极出来算是完成了结婚之旅，还要在蜜月之旅中回到中国。很遗憾，剩下的路“北京号”没法再和我们一起完成了。南半球的冬天海路凶险异常，伤痕累累的“北京号”需要大修，也临近年检，它只能留在马岛等着我们，球球会留下来和它做伴。

而我们继续前行，前往一片新的大陆：非洲。

在南非，我和梁红有一个关于飞翔的梦想——像《飞屋环游记》一样，用气球来一次翱翔天际的体验。致敬曼德拉，致敬彩虹国度，致敬自由。

离开南非，我们又回到了南美。

出墨西哥，从太平洋经加勒比海地区穿行到大西洋，沿着南半球东海岸线，经巴西直下，经麦哲伦海峡和德雷克海峡，抵达南极。这是我们出行前的计划航线，后来因为路上船只检修和行期延误，以及停靠补给点哥伦比亚发生了武装革命，为了不赶上最坏的季节登陆南极，我们只能抄了个近道，走了南美大陆的西海岸线，经厄瓜多尔、智利和阿根廷，渡洋而去。

这次抄近路，让我们错过了计划中深入亚马孙丛林的一系列探险。所以蜜月之旅，我们选择了重回巴西。

刚好赶上了巴西人的盛会，世界杯来了，世界各地的球迷也来了。我们有幸参加了桑巴王国的一场大 Party。我们亲历了科帕卡巴纳海滩的狂欢，也见证了黄衫军惨败给德意志战车后，生性洒脱的巴西人的泪水。盛会以眼泪结束，盛会却还要继续，贫民窟里的足球小将们，他们的绿茵梦想从未止步。而贫民窟里的罪恶，毒品、暴力、枪战,也从未远去。为了近距离感受这一切,我们深入“虎穴”阿莱芒，一探这个“上帝之城”。

计划中的重中之重，来自玛瑙斯的向导引领我们进入莽莽亚马孙丛林。遮天蔽日的雨林和曲折蜿蜒的河流，并不能让人有丝毫美感，因为我们身边危机四伏。水里的食人族，岸上的食人族。我们将会和它们以及他们，来一次亲密接触。这些鱼，这些族，到底会不会吃人?

还有传说中英雄也难过的蚂蚁关——子弹蚁。在三十多岁的年纪，我将要去挑战一场机枪扫射般的成人礼。子弹蚁蜇人到底有多疼？我能否通过挑战成为一个“雨林”里的男人？

穿过宽阔的莫桑比克海峡，穿过古老的马达加斯加，穿过美轮美奂的印度洋，穿过孤独巴瑶人的高脚楼……穿过坚强的台湾甲仙乡，穿过金门炮火中的历史……

绕地球一圈，回到起点，这就是我和梁红的蜜月之旅。浪漫从来都不是走马观花，甜蜜就是我们始终在一起携手浪迹天涯。在有生之年，和最心爱的人在一起，过着我们想过的生活。去所有想去的地方，看一切未曾见过的风景，感受所有陌生的人、物、事。梦想并不虚幻，敢想，能出发，梦想一定会照进现实。

去往南极结婚的路上，我们相扶相携；疯狂的蜜月里，我们看尽远方。想起婚礼上德国总理默克尔送我们的那句祝福：“爱情不是终日彼此对视，爱情是共同瞭望远方，携手旅行。”我们做到了。

在金门，从泥土里拾起一枚半个世纪前从厦门轰过来的炮弹，我亲手将其锻造成一艘“北京号”的模型。无论走多远，“北京号”从未曾远离。

捧着炮弹“北京号”，经过三十七个小时的长途飞行，近了，近了，“北京号”在马尔维纳斯群岛的港口，静静地等着我们。

和风煦煦，桅杆林立的港口里，曾经见识过了无数大风大浪的“北京号”，此刻安静地停在一角，船头那面五星红旗，依然迎风飘扬着。我和梁红相视一笑：“我们的阵地还在。”

“北京号”并不孤单，有海鸟在桅杆上伫立休憩、在甲板上悠闲踱步。

踏上帆船，“北京号”微微晃动了几下，仿佛是在点头致意，欢迎我们归来。我和梁红相拥在一起，曾经一起和“北京号”厮守的二百三十多个日夜的点滴，一下子又涌上了心头。它早已是我们生命中不可抹去的一部分。

接下来的日子里，我和梁红还将去更远的地方，“北京号”或许不能再与我们朝夕相伴、不能再给我们遮风挡雨，但是它曾护送我们穿越了两万海里，去南极完成了我们的婚礼，见证了我们俩这一生最重要的时刻。“北京号”会像我和梁红无名指上的婚戒一样，永不褪色。

七年前，我和梁红定下了“十年之约”：五年准备，五年远行。在追寻梦想和远征的道路上，我们才将将走了一半。更远的地方，还在等着我们；更漫长的路，在等着我们踏足；更多的陌生人，在等着我们结识；更多的故事，在等着我们经历。

今天，我们正走在西行穿越阿拉伯世界的路上。茫茫黄沙里寻找着熟悉又陌生的文明，漫漫丝路上感受着历史的刻度。

一路远行，一路侣行。送给自己，感受曾经追梦的历程；赠给你们，希望你们能一路同行。愿我们在追寻梦想的道路上相遇。

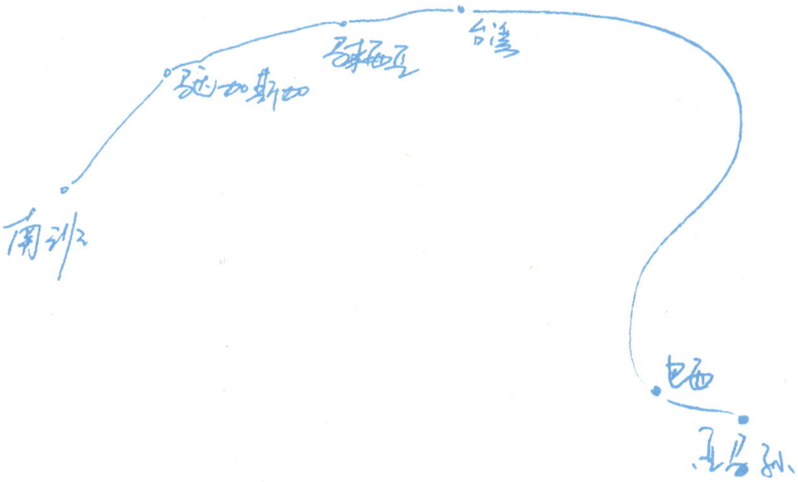

第一章

PART 1

飞越彩虹之国

直击华人劫杀案

无垠的白色冰川被留在了身后，我和梁红的“蜜月之旅”，从非洲这片“黑色”的大陆开始。南非，是第一站。

人种、种族、肤色多元，再加上风景秀丽，让南非有了“彩虹之国”的称号，顺理成章地成为我们登陆非洲的首选之地。当然更重要的，是因为这里诞生了纳尔逊·曼德拉。他是我和梁红共同的偶像，他的一句话，一直被我们当作人生箴言：在事情还未完成之前，一切都看似不可能。

在很多人的印象里，非洲是一块贫瘠的大陆，到处充斥着饥饿、瘟疫、战争和贫穷。但南非是个例外，作为非洲最大的经济体，南非跻身“金砖国家”，名声在外，城市里高楼大厦处处可见，目光所及，也是一片老百姓安居乐业的祥和景象。

约翰内斯堡，出了机场，眼前尽是蓝天白云，鸟语花香。彩虹之国，果然是名不虚传。但我很清楚，这只是“双面南非”的其中一面——抬头五彩斑斓；而它的另外一面同样令人印象深刻——低头血迹斑斑。

在旅非华人圈里，流传着一个很经典的说法：如果一个中国人，在南非生活一年以上而没有遭遇抢劫，那么他不算真正在南非生活过。

我们小时候，听过太多广大非洲兄弟和我们血脉相连的故事；2013 年在索马里，大叔大妈载歌载舞唱着“中索人民友谊万岁”的画面，也仿佛就在眼前。但是在南非，情况却复杂得多，中国人来到南非，大多数是为了谋生，但这同时也是一场前途未知的探险之旅。

来到南非的第一天，我们的计划行程是先去唐人街。刚上路，我们的华人向导电话响了，接完电话他面色凝重地对我说：“老张，又发生一起华人劫杀案，一个脑袋被砸缺了，一个被剪掉了两根手指头，要不要去看看？”

我头皮一阵发麻。掉头，直奔案发地。

这是一家华人老板开办的毛毯厂，位于一片仓库区，周围都是各类厂房。乍一看外围防护措施还挺全，高墙大院，上头架有电网，门口设有保安厅，还有好几只看家护院的大狗。

我们到时警察还在里面调查了解案情，工厂里的一个负责人接待了我们，是个中国人。这样一来我们的交流方便了很多。惊魂未定的保安在旁边一边打着手势，一边嘟哝着。经过翻译，原来他在诉说案发的经过。

双面南非。

P
adidas

当时厂里的一辆车正要出去，院墙外面的歹徒借着大门打开的瞬间，三辆车一下子冲了进来。从车上下来十几号人，瞬间就把保安给制服了；扔出几块下了药的肉，几只看门狗叫唤了两声就蔫儿了。那些还在吠的，歹徒喷了一圈儿胡椒喷雾，狗狗们也就都安静了，躲得远远的。他们还在自己身上涂抹一种类似于狮子油的东西，能发出类似狮子的味道，狗狗们闻到后自然会退避三舍。由此看来这群歹徒绝对是专业惯犯，准备充足，有备而来。

了解完基本情况，我们往仓库里面走，警察提醒我们注意脚下，不要破坏现场。地面上零零散散有好几摊血，还有一些沾着血的纸屑、破布。

一扇被撬开的门大敞着，门口的血迹比较多，看样子受害者在这儿曾经饱受折磨。主管带着一个刚接受完警察问讯的中国人走了过来，他叫老周，四十来岁，长相清瘦。案发时他就在现场。

老周这会儿义愤填膺，给我们重述了当时的情景。那时他和两位同事正在院子里干活儿，其中一位同事的媳妇儿也在。见匪徒的车冲门而入，他们四个就赶紧往屋子里跑。在南非他们见过也经历过太多次抢劫了，下意识的第一反应，就是赶紧跑。他跑得快进了屋，其余三人腿慢了点儿，被歹徒给摁住了，他一个人也没法救人，只好冲进屋里就赶紧把门死死闩上。歹徒一共有十来个人，其中有两个白人，剩下的都是黑人。听着外面同胞的声声惨叫，老周却无能为力，只能赶紧找地方躲起来。

门很快就被歹徒给踹开了，接下来就上演了血腥的一幕。我们迈步进去，这是一间厨房，地上血迹斑斑。再往里走，是一个储物间，现场的景象让人触目惊心：地上大摊大摊的血迹，有些地方甚至还没干涸，还有被血迹浸透了的卫生纸；满地的玻璃碴和电水壶、木板的碎屑。

老周说，这儿就是审讯现场。当时歹徒们拖着抓住的三个人扔到这儿，边殴打两个男的边盘问钱藏在哪儿。他们一边惨叫一边求饶，说自己只是打工的，根本不知道钱藏在哪儿了。歹徒火了，摁倒一个就是一顿拳打脚踢，还顺手拿起电水壶往他头上砸；他拿手挡，水壶都碎了；歹徒穷凶极恶地继续砸，生生把他的两根手指头给割断了。“当时要不是他那挺着大肚子的老婆在边上哭喊着求饶，估计都能打死他。”说到这儿老周仍心有余悸，“没人性，他们完全没有人性，把人往死里打。”

我们接着往里走，穿过一条堆满货物的通道，来到一片宽阔的地带，是员工们的生活空间。这里被翻得一片狼藉，显然歹徒曾在这儿翻箱倒柜，生活用品被扔得满地都是，玻璃碴子一地，当然还有一直延伸到这儿来的遍地血迹。

通道四周就是员工们的宿舍，每一扇门都被撬开了，有一扇还是直接被砸开的，门板上一个硕大的窟窿，仿佛一张嘴在控诉当时匪徒们的残暴和穷凶极恶。每一个房间都被翻得乱七八糟。当时躲在一个房间里的老周也被揪了出来，被人用枪顶着后脑勺，还用布料把嘴巴给塞住了。歹徒把他们的手机和所有房间里的钱都搜刮走了。但他们还是不满足，逼问另外一个在厂里做司机的中国同胞，更多的钱放在哪儿。司机只是连连摇头求饶，说不知道。一名歹徒顺手抓起一个杠铃，往他头上砸了下去。

“就听见一声惨叫，我都扭过头不敢看了。”老周说，“我示意他们别杀人，我知道保险库在哪儿。”房间中的一台电视被掀翻在地，电视后面的背景墙其实就是一个帘子，帘子后面就是保险库。老周说：“他们把里面的钱都装走了。多少钱我不知道，我当时只想今天别搞出人命就是万幸。”

歹徒们四处搜罗了一圈之后，见两个男人都伤得很重，老周也被绑起来了，就把他们扔在这儿，去别的地方搜刮了。“我这才敢看躺在地上的同胞，他已经不省人事了，脑袋上被砸出来一个豁儿，满地的血。”说到这儿老周浑身颤抖了一下，似乎刚才的事情依然让他心有余悸。他摸出一根烟点上，想让自己的情绪稳定一些，“这就是南非；没被抢过还真不好意思说自己到过南非。”

地上一大摊暗红色的血迹还在，里面还隐约可以看到头发和肉渣，边上安静地躺着一个沾着血的杠铃。我脑海里满是那些歹徒施暴的画面，梁红别过头去，不忍再看。

主管说，歹徒们离开这儿之后，还去了工厂出纳的宿舍。我们又跟随主管和老周到了现场，不出意外也是狼藉一片，各种打砸搜。房间里的床被挪到了一边，床下的地毯也被割开了一块儿，露出一个空洞洞的暗格。主管说，这里原来是填满了现金的，盖上地毯，再把床也扣在上面，一般人很难发现。现在暗格里的钱被拿走了，这很蹊跷。从他们闯进来，到搜出这个暗格里的钱离开，只用了大约二十分钟，说明劫匪对这儿很了解。

老周说：“这个厂子不招黑工已经八九个月了，肯定不是员工跟外面勾结，我现在怀疑外面的那些保安是不是有问题。”

“这些，你有跟警察们说吗？”我问。

“说了！”老周说，“不过我觉得说了也没用。这儿，就这个厂子，以前还被警察抢过，明着抢。”

一个美好的愿望。

他这话一出口，我们几个人都一愣。但是老周和主管都苦笑着摇了摇头，不愿意再多说。我点了点头，大概明了，看来这种情形，不只在影视剧里存在，普天之下皆无例外。

离开了厂区，接下来我们去了医院，想去看看受伤的同胞现在是什么情况，生死如何。

医院门口有两个非常醒目的标志：禁止吸烟，禁止携带枪支。工厂里的另外一位负责人接待了我们，告诉我们两位受害者一个脑袋被砸开了，另外一个没了两根手指，但是都还活着，这算是不幸中的万幸。

正说着，向导手指向了我们的身后："领事馆来人了。"

一行人匆匆赶了过来，在向导的带领下我们迎了上去，互相引荐。对面打头的是中国驻南非约翰内斯堡领事馆的左领事，四十岁左右，面相极具亲和力。握手时，他竟然认出了我和梁红："你们是……是那个《侣行》，对，《侣行》里的 270 是吧？"

"幸会，幸会，就是那个胖子。"

没有过多的寒暄，左领事又恢复了一脸的焦急，询问受伤的同胞怎么样了。刚好赶上毛毯厂的负责人从医院里出来，就向左领事作了汇报。

左领事长叹一口气："人活着就好。"他说在约翰内斯堡，每年都会发生太多太多次这样的案件，通常都是一枪毙命。在上周刚发生的一起案件中，一个华人被劫匪一枪打穿了肚子。那人在医院醒来的时候，备感庆幸，因为子弹只是打穿了他的肾脏，他还活着。

听到这里，我脑海里突然浮现出了2013年在索马里见到的那个小孩，他的亲人在剧院爆炸案中全部丧生，他的双脚也被炸得血肉模糊，他却笑着说："至少我还活着。"目睹南非的此情此景，再次让人唏嘘不已。

"华人在这里可以买枪吗？"梁红问道。

"可以。"左领事说，"在这里有一部分华人有枪，都是手枪，但是也不会因此而让人有安全感。现在的劫匪太专业了，他们用的都是AK-47，他们抢劫甚至不会超过一分钟，即使有枪你也根本没有举枪自卫的实力和机会。"

听到这里，我们才算明白，为什么说约翰内斯堡抬头能看见天堂，低头又能望见地狱。天堂和地狱，就在俯仰间。

"我们进去看看吧。"左领事大手一挥，我们都跟他一起进了医院。

在急诊室，我们见到了那个年纪较大的伤者，他是毛毯厂的厨师。虽然头部的伤口已经被包扎上了，但是很显然那儿被砸出来一个窟窿，凹陷下去了。我脑海里马上就浮现出来那个染血的杠铃，让人觉得不寒而栗。梁红甚至捂住了嘴巴，眼泪吧嗒吧嗒就下来了。

在地球另一端的异域他乡，看见我们熟悉的中国人的面孔，仿佛自己的亲人朋友。他们离家千万里，来到陌生的大陆，或为了生活，或为了梦想，却未承想会遇上这样的飞来横祸，钱财受损，生命遭残。目睹他们遭此劫难，真的很让人心酸、心痛。

“上海楼”的传说

在约翰内斯堡，我再次穿上防弹衣，兜里揣把小刀；边上的谢宇航身上挂着 90 发子弹，端着枪，为我保驾护航。

有一组非常骇人的数据：在南非，每年都有大约三十位华人被杀害；光 2014 年第一季度，就已经有五个中国人丧生在劫匪的枪口之下，死在约翰内斯堡的就有三个。

南非有三个首都：行政首都比勒陀利亚、司法首都布隆方丹、立法首都开普敦。但说到南非最负盛名的城市，还数约翰内斯堡。约翰内斯堡的面积只占全国的 1.4%，人口却占到了 22%，GDP 则占到了整个南非的 34%，与此同时，约堡的刑事案件数量竟然占到了整个国家的 50% 以上。

左领事给我们科普了一下为何约翰内斯堡会充斥着暴力。首先，这个地区没有死刑；其次，枪支泛滥；再有就是人口构成复杂，穷人、难民、黑帮团伙，龙蛇混杂。在很多人眼里，抢劫也是一份工作，而且是一份很容易的工作，几乎无成本，只需要一把枪，短短一分钟就能搞定一单。

还有一个说法：世界上最危险的大陆是非洲，非洲最危险的国家是南非，南非最危险的城市是约翰内斯堡，约堡最危险的区域，是休布罗（Hillbrow）街区。曾有一名南非导演以这里为背景拍摄了一部电影：《黑帮天堂：耶路撒冷》，据说其中的很多桥段均为写实性拍摄。

既然来了，我们不可能错过休布罗街区。

在前往休布罗之前，我们了解到一个关于休布罗的传说：如果有人穿着体面地进入这个街区，那么十有八九会被抢得只剩下内裤。

同行的南非华人谢宇航，与我们分享了一段往事：大约十几年前，他的一个朋友刚买了一辆敞篷车，约他出去兜兜风。他在电话里叮嘱朋友不要太招摇，小心被抢劫。

一个小时后，那位朋友从警察局打来求救电话，他赶过去之后，发现朋友和三个同伴果然遭遇抢劫被人剥光了，内裤都没给他们剩下，各自围着半页报纸蔽体。朋友苦着脸跟谢宇航诉说了事情的经过：车在路上遇到红灯，他们刚停下车，就有一辆车靠了过去，几把枪顶住了他们让他们下车，光天化日之下，就在路边把他们给抢了，顺带扒光。

向导一再向我们强调，休布罗街区是南非因抢劫导致谋杀发生率最高的地方，这里充斥着毒品、卖淫、抢劫和谋杀，不请安保队，没人敢来。我和梁红不约而同有种穿越回索马里的错觉。这种地方必须去，才不虚此行。出门前，我特意穿了两条内裤。

干净的街道，两旁绿树成荫，树后整齐地排列着豪华别墅，高墙电网，朱门熠熠，还有保安亭。这里就是豪登区（Houghton District），住着南非最富有的那群人。这里和我们要去的休布罗街区，仅仅一街之隔。

可能是此前的气氛烘托得太到位了，离休布罗还有老远，我们就下意识地把车窗都关上，检查车门有没有锁紧。传说太盛，这地儿透着无形的杀气，让人心理压力陡增。谢宇航传授给我们一些防范危险的经验：在路上开车要时刻看着两个后视镜，有人跟踪的话就说明我们被盯上了；

约翰内斯堡的禁区——上海楼。

永远不要离前面的车太近，留出空间，这样万一遇到突发事故，能斜刺里开车冲出去；尽量不要停车，绿灯就快速通过，远远看见红灯就减速低速前进，到路口可能就变绿灯了。在这里，每一次停车都极具风险。

我向车窗外看去，两旁街道干净，楼宇整洁，不像摩加迪沙那么破败不堪，却让人有着莫名的肃杀感。“在这儿抢劫杀人根本没什么理由，仅仅因为5块钱、半块面包，就可能杀人。”

谢宇航说，如果遇到路边的那些乞丐和小贩走过来敲窗户乞讨或者兜售，坚决不能打开车窗，因为极有可能伸进来的是一杆枪管。

我们的奔驰车开进休布罗实在太招摇，引得很多路人朝我们看了过来。有些人目露凶光，那眼神里透出一种让人浑身冰冷的寒意。此前我一直以为，微笑是世界的通行证，但是到了休布罗街区我发现，在这里，你给人一个笑脸，人回敬你的却是一丝胆战。那种冰冷而凶煞的眼神，我这辈子都忘不掉。

放眼整个休布罗街区，有三个地带被称为Kill Zone——杀戮地带。而这些暴力区域的中心，是“上海楼”。

20世纪90年代以前，这栋楼是一座华商贸易楼，住了很多来南非做生意的上海人和其他地方华人，因此得名。随着南非种族隔离制度的废除，周边国家的一些难民和贫民纷纷涌入这个彩虹国度，其中很多人就涌入了休布罗街区，进驻“上海楼”。从此这栋楼就没安生过，成为暴力犯罪多发地段，很多商户和住户频繁遭遇抢劫。渐渐地这里成了难民之家，华人和白人已经全部搬走，离开了休布罗街区。这里已经全面被黑人和难民占领。

前几天我们在唐人街的一家中餐厅吃饭，老板竟然就是当年“上海楼”的住户。他回忆起“上海楼”依然心有余悸，“那里让人毛骨悚然，我再也不敢上去了，连靠近都不敢。”当我提出想去看看“上海楼”的时候，同行的左领事说：“你还要命吗？你还要命吗？你想死吗？在约翰内斯堡，有些地方是不能去的。‘上海楼’就是禁区之一。”

愈是这样，我就愈是想前往一探究竟。

接下来就出现了本节开头的一幕：谢宇航身上挂满了子弹，全副武装伴我左右。我们是以游客身份进入南非的，所以我没有持枪资格，兜里揣着的小刀，就是我的武器。聊胜于无吧。

住在唐人街的一个剃着三毫米长“板寸”发型的同胞，我们叫他“光头”，打算跟我们一块儿去，他还帮我们找了两个配枪的安保。一行人到了“上海楼”下，向导、翻译、司机都留在楼下，直言不敢进。剩下我、梁红、谢宇航、两个安保，组成一个五人探险队，去闯龙潭。

临上楼前，我改变了主意，想把梁红留在车上。虽然我们一起经历过很多生死时刻，但是这一次我不敢带她了。以前去挑战那些极限地带，我们至少能根据事先查到的资料，把保护措施做到最好；可是眼前这栋“上海楼”，里面的情况我们一无所知，我不能带着我的“新娘”，冒一场毫无准备的险。当然，我不愿把气氛搞得那么紧张：“梁红，你就老老实实在这里待着，你一女的，要是被扒光了多不好看啊。”

但是梁红不干，也不言语，只是紧紧地拉着我的胳膊，跟着下了车。

这栋楼有二十多层，但是电梯已不见，只剩空空的电梯井，里面散发出阵阵奇怪的臭味。我们只能爬楼梯。铁楼梯非常狭窄，容不下两人并行，像我这么大个儿一个人走就能把路挡死。

“这楼里住着几千人，如果跟谁起点儿冲突，其他人一窝蜂上来，我 90 发子弹不够打的。”谢宇航说，“尽量不要跟人起冲突，也别让人误会。”

此刻我脑海里全是江湖片的镜头。

楼道里潮湿、阴暗，弥漫着难闻的臭味儿，苍蝇乱飞。楼梯实在太窄，不允许我们走得“低调”，一直噼啪作响。有些住户打开窗户、拉开门缝，冷冷地看着我们。谢宇航的手始终摁在腰间的枪上，枪已上膛，保险打开着；我也下意识地摸了摸口袋里的刀。好在那些人只是盯着我们看，似乎并没有动手的意思。

气喘吁吁地爬到八楼，一路心情紧张，但是并没有意外发生，这让我有了想更近距离窥探这栋楼的想法。我们敲开了一家住户的门。

简陋却温馨的客厅，全无楼道里那些腐烂、发霉的味道。男主人三十来岁，衣着破烂但是干净，是一个很客气的黑人兄弟，不但没有给我们冷眼，反而热情地领着我们参观。屋子是个大开间，没什么家具，客厅里一个沙发一台电视，卧室里也只有床，让人意外的是厕所里居然还有浴缸。

还有一个阳台，站在那里俯瞰，能看到休布罗街区的大部分区域，和所有的生活社区一样，显得静谧而安详。如果只看这一切，感受不到任何的紧张和危险。

等我们回到客厅，梁红已经跟房主的儿子玩开了，一个三四岁的黑人小朋友，呆萌地牵着梁红的手，好奇地看着我们这些陌生人。

房主说他不是南非人，来自尼日利亚，是一个难民。这样的一个开间，每月房租1800兰特，大约合900元人民币，并不便宜。房主说，他逃难来到这里，只想找一份稳定的工作，过新的生活，养大孩子。这里的很多难民也和他一样，并不是坏人，他们只想能够生活下去。

那一刻，身处“上海楼”里，我们开始感觉到这儿并没有传说中的那么可怕。但对讲机里的声音马上把我们拉回了现实，在楼下担任警戒的“光头”说，我们停在下面的车已经让人给盯上了，我们必须赶紧下楼。而且马上快到下班的高峰期了，我们出去肯定会堵车，那很危险。此外，这个时间段也是犯罪分子吃饱睡足，出门“觅食”的时间。十万火急，我们必须马上就撤。

出了尼日利亚人的家门，回到破败的楼道里，刚才还很放松的神经，一下子又紧张了起来。楼道里突然多出来一些人，一个个都恶狠狠地盯着我们，蠢蠢欲动的样子。可能谢宇航挂满全身的子弹和腰里的枪，对他们还有点儿威慑力，并没有人站出来。

我们几个互相对视了一眼，一点头，赶紧走。背后仿佛有一股无形的力量，在追着我们。

落荒而逃似的快速跑下楼，钻进车里，心里才有了些安全感。临上车前，我笑着跟一个路人打招呼，他还我一个恶狠狠的眼神。

车开出去没多远，在十字路口我看见了一家肯德基，很好奇那儿会不会经常被抢，临时决定实地探访一下。这回只有保安队长一个人跟我下车，他袖子里藏着根警棍，兜里装着胡椒喷雾，腰上还别着一把 9 毫米手枪。我俩直奔 KFC。

一进去我就愣了，这里跟我在国内和世界其他地方见到的肯德基完全不一样，点餐台前，像银行一样装了防弹玻璃和不锈钢栅栏；交钱取货，全要通过柜台上一个小抽屉。全家桶没法卖，因为压根儿就塞不进抽屉。

这种安保措施严密的快餐店，瞬间又让我紧张起来，扭头观察周围有没有盯着我们的人，结果发现玻璃窗外面，一堆人在盯着我们看。气氛实在太压抑，买了三杯可乐，我们匆匆撤离。

车子驶出休布罗街区，所有人像突然被摁下了播放开关似的，此前一个个紧张兮兮、沉默不语，这会儿不约而同地松了口气，开始互相攀谈起来。

全家桶的美味，南非人民无福享受。

我搂着梁红，一边谢天谢地，今天没出什么事儿，我们能够全身而退；一边竟然还觉得有点儿失落，我们来探访混乱的休布罗，没赶上想象中的暴力抢劫镜头，不能不说是一种遗憾。

白人贫民窟

贫民窟，是我们走到哪儿都绕不开的一个地方；在这个仿佛被世界遗忘的角落，总会有一些人、一些事带给人心灵上的触动和刺痛。虽然我们无法带去很多援助，但是我渴望把他们的世界“带出来”，让更多的阳光照进去。

二十年前，南非还是白人的世界，他们生活富足而自由，在这个贫穷大陆上建立起来第一个发达国家。黑人和印度人等“有色人种”，在社会的各个层面，都低白人一等。这一现象持续了几百年，直到曼德拉废除种族隔离制度之后，才得以改变。“彩虹之国”的意思，即排除种族隔离思想，黑人、白人、印度人、黄种人、阿拉伯人等，汇聚成彩虹，共同生活在南非这片土地上。

虽然近年来南非的经济飞速发展，但是依然随处可见贫民窟，很多黑人依然生活潦倒贫困。无论哪个国家，都会有很多生活贫困的人，美国也不例外；南非这个接纳了很多周边国家难民的地方，更是如此。

种族隔离制度的废除，实现了人人平等，给予了黑人担任社会中更重要角色的机会。当然，优胜劣汰，只有那些受过高等教育或者有能力的人，才能站在生物链的顶端，与之相对的，很多没受过教育或没有一技之长的人依然生活在贫民窟也就不奇怪了。

谢宇航说："南非不仅有黑人贫民窟，也有白人贫民窟。"

这有点儿颠覆我此前对南非的认知。要知道，白人曾经统治和主导这个国家的命脉几百年，虽然种族隔离制度废除了，但白人依然应该是这个国家的社会主体，怎么也不至于潦倒到要住贫民窟啊？我们决定前去探访一番。

问了许多路人，纷纷摇头，都说没有这个地方。几经打探，终于有路人告诉我们，"去加冕公园看看。"他以前就住在那儿。

加冕公园，一座风景秀丽的公园，微风习习，绿树花草点缀，绿色的草地和粼粼湖水相映成趣，有些情侣、一家几口在公园里占据一方小天地，休息、游玩——这怎么

几步之遥，悲喜两重天。

可能是贫民窟?

再往前走，离这些美景几步之遥的地方呈现出一片破败：破落的房子、参差的断壁、猴儿样的孩子的脸，无异于我们此前走过的许多贫民窟，唯一不同的是，这儿没有发霉和腐烂的臭味儿。

这个村落叫克鲁格斯多，南非唯一的一个白人贫民窟。破旧、生锈的房车，是这里最常见的“建筑”，它们从四面八方开到这里，轮胎扎进泥土，就此生根，成为这个贫民窟的一员。这些房车说明它们的主人曾经“阔”过，后来潦倒了，沦落至此。还有更多没有车的穷人，也聚集到了这里，搭铁皮房子、支帐篷。美丽的加冕公园一角，成了这些贫穷白人的栖身之所。

在村落里穿行，这里虽然破败，却很有序，并不混乱，没有遍地的垃圾，破败的房屋、帐篷、房车也都尽量整齐地挤在一块儿。资源有限，贫民们的生活却并不粗糙，还相当有情调。一些从外面捡来的陶器、娃娃，也被端正地摆在门口；破旧的布料，被拼接缝补成非常好看的窗帘；有人在帐篷前，种上了野花；有些屋子、帐篷上，还画上了好看的涂鸦。一些废品在这里再利用率很高，人们将其做成小玩意儿、装饰品，挂在自己的“房子”上。一栋木头房子格外显眼，屋主确实下了功夫，虽然建造房子的材料都是废旧的木地板，但是经过屋主的精细雕琢，竟显得风味十足；如果挪到国内的一些景点去用来出租，这房子一晚上能卖不少钱。总体上这里虽然破旧，却和我们以前见过的贫民窟不同，别有味道。

在每扇敞开的门里，总坐着一个或几个愁眉不展的白人，目光呆滞地待着，一个个憔悴而瘦削。屋子外面的空地上，女孩儿们光着脚在地上做着游戏，更小一点儿的孩子，脸上脏兮兮地四处爬着。看到我们的镜头，孩子们好奇地围了过来，扬起了无邪的笑脸，不干净但是纯净。空旷的树荫下，有人在安静地看着旧报纸，还有父母在石块边看着孩子做作业……

我们抬脚走进一辆房车，里面可供活动的空间非常小，到处都被塞得满满当当——旧的电器、家具，捡来的日用品、瓶瓶罐罐，陈旧而繁多，却不是胡乱堆放。一个头发花白的大爷告诉我们，这间房车由 6 个人一起居住，所有人分时间段进来睡觉、休息；没轮到自己的时候，得出去待着。

日头正中，到了晌午时分，屋子、车子、棚子里的人，都钻了出来，在空地上搭灶生火做饭——堆上几块石头，支起一个架子，挂上一个铝盆，点起火。锅里的食物都差

一辆房车，六个人的栖身之所。

这不是度假，是生活。

不多，要么土豆要么面粉。

在一个两头漏风的帐篷前，我看见一个老太太正在地上捡起土豆块往锅里扔，旁边一个老爷子，把一只脚泡在一个桶里。原来老爷子不小心碰翻了锅，脚烫了，土豆撒了，但是必须捡起来，他们的食物非常有限。

我试着跟一个和我年龄相仿的中年人聊天，他说虽然他们住在贫民窟，但是他们每个人都会穿得整洁干净，帐篷虽小，但是不乱——这是这些白人们的骄傲。“我们穷，但我们没有丢掉尊严。我们还没有放弃生活。”甚至这里有些人依然养着宠物，小猫小狗、鹦鹉等。“很多人都想买我的鹦鹉，但我是绝对不会卖掉它的，多少钱都不卖。”一位中年妇女说。哪怕生活很拮据，但是绝对不会因为困苦而放弃生活的乐趣。

我们看到一位相貌奇怪的大叔，肚子上长了一个非常大的瘤子。此刻他在草地上，虔诚地做着祷告：“感谢上帝赐予了我这一切，我有一位一直陪伴着我的妻子，有一个非常幸福的家庭，还有一只狗。”

我们静悄悄地走开了，不忍去打搅他。

在这个贫民窟里，无时无刻不让我感受到一种心灵的震撼，幸福从来都不是靠物质来衡量的。

对于他们靠什么为生，我也找到了答案。有些慈善机构每个月会送来一些食物，分发给大家，但是数量不多；还有些好心人也会自发送一些东西过来；此外，很多人是有工作的——但都是“临时工”。

一个叫丹尼尔的中年汉子说，他每个月能挣 1000 元，养活家里的四口人，但是他每星期只能工作一到两天。我问他为什么不找一份固定的工作，他的回答再次让我震惊：“因为我是白人，白人找不到工作。曾经我们享有特权，现在一切都不一样了。”

原来种族隔离制度废除之后，为了维护数量庞大的黑人在这个社会体系中的地位，南非政府通过了“BEE 法案”，鼓励和扶持黑人就业。

“我们现在才是遭受到歧视的人群。”丹尼尔苦笑着说。

我将信将疑。丹尼尔说他要出去找工作了。征得他的同意后，我们可以一路跟着去看看情况。

丹尼尔很认真，准备好简历，搜罗出来一套最整洁的衣服换上，擦亮老旧的皮鞋，剪了头发刮干净胡子，就带着我们出门了。

徒步走到附近的市里，丹尼尔先去了一间加油站，想应聘加油员。老板只是让他留下简历，承诺两个月内会联系他面试……这其实就是石沉大海的意思。丹尼尔无奈地苦笑摇头。他说自己已经习惯了，对于他来说，只要有人愿意给他一份工作，让他能够养活老婆和孩子，不管什么样的工作他都接受，愿意尽全力去做——可是，几乎没有人会给他这种机会。

一路又跑了几个地方，全是让留下简历等候通知。

后来来到一个小超市，丹尼尔再次被拒绝。我决定和老板多聊几句，问问到底是什么原因。超市老板的逻辑很神奇，他说在南非有 90% 的人口是黑人，那么一个超市里就应该有 90% 的员工是黑人；而且雇用黑人政府会有很多政策上的倾斜，那为什么不用黑人呢?

我问他们对待黑人和白人是平等的吗，他非常大气地回答："Of cause。"末了，他居然对我们的翻译说："你的英语说得很棒，如果你需要这份工作，我可以给你。"边上刚刚被他拒绝的丹尼尔听到这句话，表情尴尬。毫无疑问，这是赤裸裸的歧视。

最后我们去了一家汽车玻璃店，老板看了丹尼尔一眼，简历都没收："对不起，我们没有空余职位。"我看到丹尼尔的脸色非常难看，但他依然强撑着笑容离开。出来后他非常生气地说："他们就是在歧视我们，里面根本看不到白人和印度人，只有黑人！”

丹尼尔低下了头，无奈地往前走去，虽然已经被拒绝了无数次，但他还是要继续去尝试，因为他有家人和孩子，需要他去工作来养活。看着他佝偻失落的背影，我们不忍再跟上去打扰。

回到加冕公园，我们又走访了几户贫民。他们有的像丹尼尔一样，靠偶尔能得到的临时工作养家为生；有的会做一些手工艺品，拿出去卖补贴家用。

一个刚刚做临时工归来的中年大哥见到我们，他说他想聊几句：“这里的每个人都有自己的梦想，我的梦想就是让我的家庭生活得更好。”

一位怀孕的妇女听到我们问起工作的事情，很是神伤，说他们不是不努力，只要给他们一个机会，他们就会努力去改变现状，但是没有人愿意给他们这个机会。她越说越激动，竟然哭了起来，边哭边说：“我和丈夫都出生在良好的家庭，都受过高等教育，现在却住在这个地方，真让人难过。我怀孕了，我真的不希望孩子出生以后，还是生活在这样一个环境里，我希望他能够生长在一个正常的环境里……”

听完她的哭诉我无语凝噎，梁红早已眼圈泛红，我们

幸福从来都不靠物质来衡量。

不知道该怎么去安慰她。对于这里的现状，我们无力改变，我们能做的，只是把带来的一些食物分发给孩子们。

搜了搜车里的后备厢，还有一些牛肉和番茄，我们决定给大伙儿做一顿饭。有人从自己的家里拿出来锅碗瓢盆和调料，找了个空地，我们支起炉灶，做了一锅番茄炖牛腩，简单但是用心。村子里的人都聚拢了过来，他们端着碗或者杯子，自觉有序地排着队，对我们竖起了大拇指。

一顿饭顶不了多久，他们还是会饿肚子，依然会生活在贫困的环境里，依然会被外面的人歧视。但是他们从来没有丢失自己的尊严和梦想，以及对生活的热爱。我们能做的，也仅仅是把加冕公园里的白人贫民窟、丹尼尔们的故事，通过我们的镜头传递出去，让更多的人知道他们的存在，他们的伤痛。

南非，包容而又对立的一个国度。约翰内斯堡，最美丽的城市，最暴力的城市。这一座城池，立体地向我们展示了一个“双城记”的故事。这是最好的时代，这是最坏的时代。

I can fly !

对于南非，我有一个更加宏大的计划：我要在这里，完成中国人的第一次氦气球飞行。

2009 年在双井，我和梁红难得一块儿去看了场电影，皮克斯的动画片《飞屋环游记》，让我俩兴奋不已。从那时候起，我们心里就有了一个梦想：做一次气球飞行。来到南非，用五颜六色的气球飞越彩虹国，再美妙不过了。

对于这次挑战的准备，难度不亚于当初我们要进入马鲁姆火山。找氦气就费了挺大的劲儿，好不容易搞到后，结果想弄出海关还出了问题，出不来。到了南非，人生地不熟，这东西就更难找了，最后花了大价钱才弄到。

除此之外，乘气球飞行对地形和当天风速的要求都很高，高原多风、丘陵不便着陆，所以我们只能避开开普敦、比勒陀利亚、约翰内斯堡等重镇，最后来到了地处平原地带的乌姆塔塔——这里是我的偶像曼德拉的故乡。

但是这里的条件也算不上太好，勘察地形的时候，我们依然没找到合适的地方。这块平原不平，多山，非常不利于气球飞行。

驱车在路上我一筹莫展，忽然前方金光闪闪，一座寺庙坐落在那里。这是南半球最大的中国寺院——南华寺。绕着寺院转了一圈，广袤的土地，多是农场和荒原。我眼前一亮："就这儿了。"

佛教和曼德拉，追求的都是平等和宽容。仿佛冥冥中有一股力量把我们带到了这座华人寺院。寺院的住持慧行法师说："是缘分把你们带到了这里。"

冲着这缘分，这块场地就是我们可以起飞的地方。

我们租了一架直升飞机勘察场地，在空中看去，这里依然凶险异常。附近有几座高层建筑，还有高压电网，搞不好飞行的时候会撞上。不利于降落的地方就更多了，湖泊、栅栏等，都加大了这次飞行的难度。

团队里的人看完地形，形成了一个统一意见：放弃。

负责气象的烟斗给我讲了一则他看到的新闻，让我慎重考虑。2008 年 4 月，巴西一位 41 岁、名叫阿德利尔·安东尼奥·卡利的神父，希望利用普通的氦气球升空，为当地宗教活动募款。起飞当天，安东尼奥穿着特制的救生服，还带着降落伞、全球卫星定位系统、卫星电话等工具，身绑数百个氦气球，从巴西南部港口城市巴拉那瓜起飞。

起飞 8 个小时后，安东尼奥与地面人员失去联系。原本他计划飞向西北方向 750 公里外的多拉杜斯，却在风力

缘分。

作用下向相反方向飞去。他最后一次联系地面时已经飞离海岸线50公里有余。神父失联之后，当地马上出动了直升机和小船搜救，但只发现了部分气球碎片。

三个月后，几名拖船工人在海上发现了一具尸体，经医学鉴定人员提取DNA样本对比，证实了这就是安东尼奥神父的尸体。

烟斗讲得很认真，大伙儿也听得凝重。人在天上，装备再先进，防护措施做得再好，依然身不由己。

我闭上了眼睛，脑海里又出现了《飞屋环游记》里的场景，继而是之前的种种极限挑战：索马里的枪林弹雨、奥伊米亚康的极寒露营、切尔诺贝利的无形辐射、马鲁姆火山的炽热烈焰、太平洋的惊涛骇浪……从当年走出第一步开始，我一直在试图寻找我的极限，这一次我要挑战的是飞上天空，圆一个飞翔的梦。我初衷不变，中国人不是不可以，而是不想。

我摇摇头，说："不，不管怎样，得飞。"在实现梦想的途中，有挑战才有精彩。我决定就在南华寺这儿，就明天飞。

烟斗说："明天中午12点有强风，不宜飞。"在网上搜出来的资料也显示，世界上曾有13个人在南非尝试过气球飞行，有 2 个人失败了。失败只有一种结果：死亡。我开玩笑说："我已经想到了好几种死法：刮到电网上被电死、撞到栅栏铁丝网上缠死、掉到农场被玉米秆杵死、落到牧场里被牛群踩死……"

梁红抓着我的手悄然加大了力气，一脸的紧张："老张……要不……不要……"

我搂过她的肩膀，笑着安慰道："没事儿的，我这吨位，一般的风吹不走。"我转头对小伙伴们说："明儿早点飞，在强风来之前完成着陆。"

第二天，整个团队的人都早上 6 点起来，开始忙活设备，另外又雇用了附近的一些工人，帮我们给数量庞大的气球充气。我们事先预估了每一只气球的承重量，得二百多只气球才能让我飞起来。计划不如变化，我们低估了给气球充氦气的难度。工人们很卖力，寺院里很多黑人和尚也都出来帮忙，但是给几百只硕大的氦气球充完气，已经 11 点半了。被升得最高的，是一只黑色气球，上面印着曼德拉的头像，迎风微笑。

蓝天、白云、微风，几百只气球拴在车上，飘在天空，住在附近的人都被吸引了过来，不知道我们要干吗。我说："今儿个如果我不飞，都对不起这么些异国观众了。"

气球下方的坐袋，就是我的驾驶舱。我全副武装地把自己绑了上去。GPS、对讲机、飞行仪器等设备之外，我还带着军刀和手枪——跟谢宇航借的。气球飞上天只能跟着风力走，人是没法控制的。我能做的，就是在关键时刻，割断拴着气球的绳子，或者开枪打爆气球，以完成下降和减速。

一切准备就绪，时间还是错过了，已经到 12 点了；烟斗的天气预报挺靠谱，强风如约而至。

烟斗说："现在起飞就是自杀。这阵风得持续几个小时，如果现在飞，气球上天肯定全爆，挑战归挑战，咱不能玩儿命。"

这会儿我们能做的，就只有傲立风中点上根烟，静静地等待。但是我心里很明白，就是今天必须飞，如果等到明天，气球肯定漏气，我们这次飞行计划就算泡汤了。到那时，我这个飞越彩虹国的梦想，就得无限期延后。

狂风怕落日，我们所有人的希望都寄托在傍晚，希望风能退去。

一伙人，伴随着几百个五彩缤纷的气球，被困在南华寺前的艳阳天下。不时有气球被吹爆，小伙伴们都及时地补充备用气球上去。随着时间越来越晚，风力丝毫不见减弱。

大伙儿的脸上，已有丝丝担忧。

四个小时之后，强风终于散了。我站起来伸了个懒腰，重振精神，准备起飞。

“等等，等等。”烟斗又把我摁下。有新问题了。经过一下午的强力席卷，气球的绳子都缠绕在一块儿了。如果我在天上要减速或下降，割断绳子的话，气球根本飞不出去；这种情况下我只能用枪，但是子弹的穿透力强，可能会一弹打穿多个气球，导致我快速坠落。

怎么办？重新绑？来不及了。不飞了？不行，开弓没有回头箭。最后谢宇航想出来一个办法：“还是开枪解决吧，但是只能打气球群外围的气球，这样就不会射穿多个了。老张你枪法没问题吧？”

我可是考过射击执照的。

南非的冬季天黑得早，已经不能再等了。安全起见，我留了个尾巴——一根粗绳在地面，做了几次试飞和测试，直到确定了风力能够达到要求，不会把我刮到莫桑比克去。

万事俱备，东风也差不多凑合了，但是这会儿我却有些犹豫了。在准备这次飞行的前前后后的一个多月里，我都志得意满，觉得问题不大，肯定能飞；但是到了真正临飞前，我竟有些紧张和害怕了。在天上一切都不由我控制，一股气流、一阵强风、一个气球的突然爆裂、下落时一个凸起……随便一个意外，就会让我丧命于此。

我稳定了一下情绪，这个时候我不能乱。我在天上危险，地上的梁红他们更紧张。我打趣道："要不要留个遗言什么的。"边上的梁红已经紧张得脸颊通红，又气又紧张地说："老张，这时候你就别乌鸦嘴了。"

"三、二、一！起飞！"我深吸一口气，割断了锚绳。

气球的浮力迅速把我拉向天空，瞬间我有种失重的感觉。身上的仪器在报警，显示我上升的速度是 1.7 米 / 秒，什么概念？是电梯上升速度的五倍。

那会儿顾不上什么终于飞起来了的快感了，全是紧张。一股风力吹着气球拽着我斜向往前跑，我的耳畔是呼啸的风声；防风镜里，看到一些低矮的建筑在我的脚下"唰唰"后退。

上升到两百米左右的时候，感觉风速稳定了，耳畔没有轰鸣了。气球趋于稳定，我和风速一致，匀速前进。直到这一刻，我一直紧绷的神经才放松了下来，才能心平气和地看天空的美景——错了！我压根儿没法心平气和，这会儿我才突然意识到，我真的飞在天空了，我做到了！

张开双臂，我想拥抱整个天空。"I can fly！"我在天

I can fly!

空尽情大喊。这种感觉和坐飞机绝对不一样，每个人孩提时代都有一个飞翔的梦想；几十年之后，我终于梦想成真，在天空上翱翔。看天高地迥，觉宇宙之无穷。我满心愉悦，那种感觉实在太美妙，一种无以言表的身心快感。

我沉浸在梦想成真的快感里。头顶蓝天碧澈，南华寺的金顶在落日下金光熠熠，远处的夕阳比我还矮，我正追逐它而去。非洲大陆的苍茫在脚底下尽显雄浑之美。我们做了很多疯狂的事情，但是这一件，我认为是最美的。

这会儿梁红也在天上——她乘坐着直升机，远远地看着我，守护着我。

翻过低矮的山丘、穿过原野和牧场，印着曼德拉头像的气球，引导着我在彩虹之国飞翔。在天空看这个世界，跟此前见到的完全不一样。一览众山小，心界无限远。牧场里的牛群，抬头呆呆地看着我；行驶在原野上的一些汽车如甲壳虫般，也都停车驻足瞩目。此时此刻看到的景象，会终生铭刻在我心里。

惊魂迫降

高度计“嘀嘀嘀”地开始报警，把我从如梦如幻的感觉中拉回现实。我割断几根绳子，果然，因为等待的时候绳子缠绕在一起了，只有少数几个气球脱群，奔向更高的天空，而我还在继续上升，高速前进。我只得掏出枪，再打掉外围的几个气球。几声爆响，我终于达到了中性浮力。

此刻，我飘浮在 203 米的高度，随风前行，时速 37 公里。忘了约定的时间，我想尽可能地在天上多飞一会儿。

“天快黑了，找地方降落，别尽顾着美了。”对讲机里传来烟斗的声音。

我这才注意到夕阳已经不在脚下，彻底沉下地平线了，南非的天黑得就是快。远处的直升机也已经不见了。后来梁红告诉我，我们租的直升机没有夜航功能，驾驶员到时间就返航了。

再一低头我傻掉了：我已经飞过了最适合降落的地带。前方是一个农场，不能落，搞不好会被牛群给踩死；再远一点，是很大的一片玉米地，掉进去也会被玉米秆戳个透心凉。一汪湖泊出现在视线的尽头，我心动了一下，那里该没什么危险了吧。但是转念一想，水里指不定有什么东西，如果上面挂着气球，水里脚下又被缠住的话就更危险了；另外一进水里我身上的装备就全给泡了，还真有点儿舍不得。

我心焦地继续往前飞着。两百米开外是一座山，我犹豫着，要不要越过这座山再考虑降落？那边的地形我们之前根本就没勘察过，不知道是什么情况。天已经黑了，不行了，我必须要紧急着陆。

山前是一个丘陵地带，隐约能看见几堆巨大的蚂蚁窝，干燥的，应该不是沼泽。再前面，就是铁丝栅栏和高压电线了，最好的情况，是我能够在栅栏前方降落。

没有犹豫，我必须要冒险一搏了。我开始朝气球开枪。随着头顶“噼里啪啦”的气球爆裂声，我开始减速，缓缓在往下降。突然来了一股气流，又把气球往上卷去。我急了，这样我指定得被刮到高压电网上，慌忙开枪连发。子弹不长眼，一颗就打穿了好几个气球。我开始后悔了。浮力减小，下降速度明显加快，达到 0.9 米 / 秒，是电梯下降速度的三倍。

如果这么摔下去，腿折了或者屁股开花都是轻伤，搞不好会摔断肋骨，戳到五脏六腑，那我就挂在这儿了。

“下降速度有点儿快，怎么办？”我用对讲机求助地面，可是里面只剩下“吱吱吱”的电波声，故障了。

“对了！还有负重！扔负重！”我这才想起来，起飞之前担心出这种事故，就在我的坐垫边挂了一袋矿泉水。我急得满头大汗，赶紧掏出瓶子一个个地往外扔掉——我已经离地面只有十几米了。

“砰——砰——砰——”三连响。离地太近了，我还是摔在了地上，屁股在地上蹦了几蹦，瞬间就麻了。气球的强大惯性继续拽着我往前拖，从余光里我看到了前方不远处的铁丝网，照这个速度，我整个人肯定会被拽上去撕掉。

这会儿能使我最快停下来的方法，就是割断气球群的主绳。摸刀在手我却没下手——割断主绳放飞气球群的话，它们升到高空会影响航空安全，一不凑巧，我真的可能制造一起空难。

没辙了，只能用枪继续打，没想到换弹夹的时候卡壳了——刚摔到地上的时候枪里进土了。真是屋漏偏逢连夜雨，天要亡我的节奏。我很快镇定了下来，手忙脚乱没用，我用最快的速度拆下弹夹把土磕出来，再连着打了一梭子子弹。终于,气球缓缓停下来了,我的屁股上几乎摩擦着火。

三米开外就是铁丝网。“老子真是命大，就差一点点，就差一点点，我就被这栅栏干掉了。”惊魂甫定，我摸了把

满脸的汗，对着对讲机说。

对讲机里已经没了回音，我检查了一下，并不是出故障了，看来是我飞得太远，地面跟踪救援的汽车已经收不到信号了。

惊魂迫降之后，看了看飞行仪，我飞行的直线距离是5378米。我的兴奋劲儿又上来了，这次“飞越彩虹国”行动，我成功了。我是第一个做到的中国人，也是世界上的第十二个。我想雀跃，却发现我的队友们并不在我身边，缠绕在身上的气球和绳子，也让我跳不起来。

直升机已返航，和地面团队失去联系，我不知自己身处何方。南非的荒郊野外，我孤身一人，头顶上还串着十几个气球。

小憩一会儿，待气儿顺畅了，我扒拉掉身上缠绕在一起的绳子、设备，解开安全带，挣扎了好几下才从坐垫里站起来。我刚站直，一阵风吹过，气球又开始往上飘了，我赶忙拽住。不行，我得在这儿把它们都给捅破，不然它们还得飞到天上去，搞不好还会把我一块儿拎上去。

几枪过后，没子弹了，我只能一根一根绳子地把气球拉下来，用刀捅破。我祈祷这个时候千万别起风。树丛里钻出来一个黑影，远远地看着我，傍晚的能见度有限，我看不见他的脸。这会儿我倒不担心有人会来荒野中抢劫，应该是附近部落里的人。我扬起手远远地跟他打招呼："Hello。"

没有回应。"Hi，Baba？"这是我从电视里学的对黑人的称呼。他依然没搭理我，就是远远地看着我。我有点儿心虚了，不会真是来抢我的吧？南非有食人族吗？拖着这么大一串气球，反正我也跑不了，索性不去想它了，开始全力拉绳子，戳气球。干这活儿挺费力的，远处还有个人盯着我看，特别不自在，我又喊了一句："Can you help me？"

不料听到这句，他动了，拔腿就跑了过来，也不说话，帮着我往下拉绳子。当然我没敢把刀给他。有个人帮忙干起来轻松多了，很快气球就全部被戳破了。我不停地向那位黑人兄弟道谢，他依然不语。我问他抽烟吗，他这才憨厚一笑，点了点头。我一摸口袋，尴尬了，忘了带烟。我就顺手把兜里的几十块零钱递给他，他收下了，然后就埋头帮我收拾满地的气球碎片儿，整理坐垫和设备。

天已经彻底黑了。"老张、老张，呼叫老张，收到请回复。"对讲机里有声音传来，看来地面救援部队近了。

"抄收，我成功了，我很安全，但是我不知道在哪儿，前方是一道铁丝网。”组织的到来，又让我喜上眉梢，我迫不及待地想要跟他们分享这次成功飞行的喜悦，是他们帮助我完成了这一次挑战。

“老张，你就待在原地，车开不过来，我们步行过去找你，你自个儿小心点儿脚下，这附近有蛇……另外，一会儿你就说自己是个特技演员——警察也来了，有人告你擅闯农场，还惊扰了牛群。”

我一听就乐了，这事儿闹的。黑人兄弟看着我一个人傻笑，不知所措。二十多分钟后，远远看见手电筒的灯光闪烁，往这边靠近。救援部队来了。一个女警察两个协警，还有谢宇航，四个人气喘吁吁地跑了过来。

女警见面就说：“你应该感谢我们，因为我们救了你。”

一听这话，我明白她不会抓我了，估计烟斗跟她说的就是有特技演员表演的时候失控了，需要求助。我忙不迭地笑着说谢谢。谢宇航喘着粗气说：“你不知道咱们这一路找过来，那完全是翻山越岭，过栅栏，跳电网，蹚小溪，还踩到蛇了。电网烟斗没翻过来，在那边等着我们。”

警察带着我们出去时，那个女警问了我一句：“Are you crazy？”我哈哈一笑，说：“I can fly。”那两个协警大哥竖起大拇指，说我是史上第一个在这里完成气球飞行的人，更让他们觉得不可思议的是，我还是个中国人，“You are a lucky man。”

这让我又有点儿嗨了，兴奋地一路小跑着喊着：“I can fly，I can fly！”

回到起飞点，我一出现，所有人都欢呼起来。团队的工作人员，围观的人们，还有彗行法师和和尚们。

梁红红着眼睛一溜小跑过来，扑进我怀里，一把抱住了我，只是紧紧地抱住，没有说话。我当然知道，在我飞得太远、失联的那段时间里，她有多么担心我。

我搂着她，小声安慰着：“好啦好啦，吉人自有天相，这不完整无缺地回来了吗？以后不会再让你担心了。”

在人群的簇拥和欢呼声中，我豪情喷发。这次成功飞行，不仅仅是圆了我年少时候的一个梦，更增加了我作为一个中国人完成这项高难度挑战的骄傲和自豪感。唯一的遗憾，是由于风力和地理原因，导致我这次只能自己一个人飞，而原来的计划是梁红和我一起，在天做一回比翼鸟。

无以补偿，不能共飞天际，只能在以后的路上，我们连理相依。

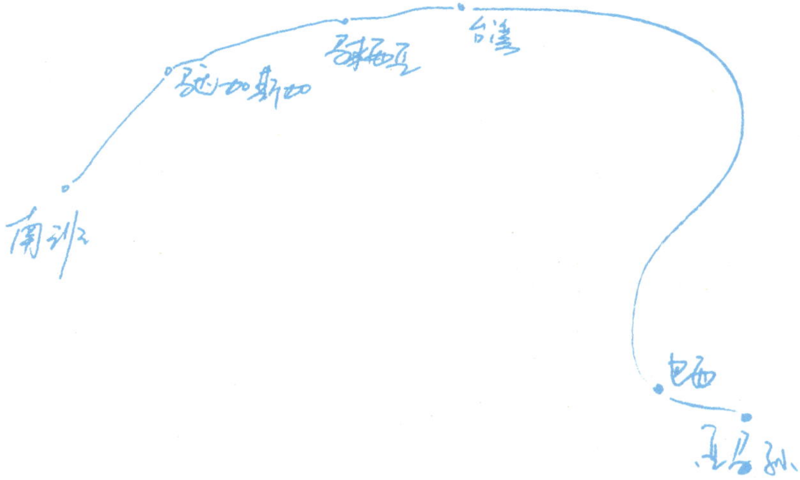

第二章

PART 2

双面马达加斯加

翻尸节

阴风阵阵，墓园里一片肃杀，忽然一声鸦鸣，黑色的鸟儿从光秃秃的树杈上飞起，惊起草丛里的无数生灵，纷纷振翅。荒草间凸起几个坟包，让人备感阴森，我停住了脚步，心里发虚不敢再向前走。

此刻我身处马达加斯加的一个墓地，这也是我第一次在国外进入墓地，不久以后，我和梁红将会在这里参加一场墓园狂欢。

马达加斯加，地图上那个因为大陆漂移而脱离非洲大陆的巨大岛国，在我心里一直有着很深的神秘感。《马达加斯加》的系列动画电影，让我更加向往那个地方。体验完《飞屋环游记》，我们依循着动画片里的苍翠林海和动物天堂的痕迹，飞越莫桑比克海峡，踏上这片海外大陆，感受神秘而狂野的马达加斯加。

有人说，马达加斯加是世界上最穷的国家，也是世界上最美的国家。

它的贫穷和壮美我们还要等几天才能见识到，我们找的本地的向导说："你们来得很巧，正好赶上了我们麦那利人的翻尸节。"

神秘岛国上的神秘之地。

翻尸节以前就听说过，全球只有马达加斯加才有的习俗。那画面我不太敢想。向导说我们是幸运的，因为以前翻尸节是除了麦那利本族人，不准外人参与的。而且随着印尼、巴基斯坦等其他国家移民的涌入，这一习俗也越来越少见，差不多可以申遗了。

对于习惯入土为安、习惯用眼泪和庄严肃穆的方式来纪念失去亲人的中国人来说，翻尸节无疑是难以理解的。但是，对于当地人来说，这是对待死亡的独特方式，千百年一直沿袭。对于亲人的死亡，可以不用眼泪，而是用快乐来纪念——伴着逝去的亲人，人们相聚，有吃有喝，甚至唱歌跳舞。

他们说，活着的人应该用快乐看待死亡——只有欢笑才能让祖先在天堂快乐，并给后辈降福。

驱车穿过丛林和荒原，一路颠簸，向导带着我们抵达一个麦那利人的村落。一眼望去，“贫穷”二字被写在每一个角落。干涸坑洼的小径，斑驳的泥土房子，参差的木棍栅栏，晾晒的破旧衣服……到处都是一片旧社会农村光景。

我们来到一户人家，这家老人过世的父亲就是明天翻尸节的“主角”。院子里一只瘦得皮包骨的小狗见着生人吠了起来，弄得我们不敢——应该是不忍再靠近，生怕它会因体力不支昏厥。站在门口看过去，老人家里什么都没有，除了泥巴砌的灶上架着的一口锅，两把瘸腿的椅子，再无其他。但是主人的脸上一直带着笑意，甚至有些兴奋。因为明天周边所有的麦那利人都会来参加他们家的翻尸节。

翻尸节没有固定的日期，一般在农作物收获之后，人们为了感谢祖先的馈赠，以及祈求赐予能量，会请求族里的大祭司选定一个黄道吉日，去把祖先的遗体从坟墓里挖出来，进行一个“近距离”的感恩和祈祷的仪式。

老人带着我们来到村子的墓场。高墙大院配着一道大铁门，对于穷困的小村庄来说，显得分外庄重。这种地方总让人产生一些肃穆感和下意识的凄凉感。进去之后，不夸张地说，很多坟墓修建得比村里的房子还要好，至少是水泥砖块修筑的；有的俨然就是一栋小平房，甚至有装了防盗铁门的——我上前看了一下，上面挂着锁，刻着MADE IN CHINA。

当然墓地里面也是贫富不均，有豪华的“平房墓”，更多的只是凸起的土丘。老人把我们带到他父亲的坟前，那里甚至连凸起的土丘都没有，杂草丛里躺着一块石头做标记，下面便埋着他已经过世十二年的父亲。明天，人们就将从这里将他挖出来。

墓园里也有贫富不均。

从墓场出来，我们在村子里来了一趟自由行。马达加斯加属于非洲，但是这里的一切跟非洲都不太一样，树木参天，高得离谱；这里的人们也不是非洲那种纯黑人肤色，他们的相貌更偏亚裔人种。

村里的父老乡亲们见着生人，热情异常，扬起笑脸打着招呼，全无在约翰内斯堡时候的那些让人恐惧的眼神。小孩子们成群结队地跟在我们后面，蹦蹦跳跳，欢乐地唱着歌儿。

向导提醒我们，这里艾滋病患病率很高，要和他们保持距离，谨慎接触。我和梁红很清楚艾滋病的传染途径，所以并不害怕。在跟着我们的孩子里，有一个十三四岁的小女孩儿，她就是一个艾滋病感染者。

她长得天真烂漫，脸上一直挂着无邪的笑容。梁红问她：“害不害怕艾滋病？”

小女孩若无其事地说：“我为什么要害怕一种十几年后才会夺去我生命的疾病呢？”

她童音嘹亮，听到耳朵里，给我们带来深深震撼。我们的身边，有太多的人遇到一点儿不如意，就会陷入抱怨或者恐慌的境地里，自怨自艾，悲天怨地。这个小女孩儿，还有索马里的那个小男孩，他们所遭受的伤痛、不幸，都超乎常人，但是他们依然能够扬起笑脸，感恩生活，笑对生活。

墓地里的 Party

第二天，我们再次回到那个村子。这一次我们非常明显地感受到了节日的气氛。十里八乡的男女老幼都来了，路旁、门前，到处都是人，树上爬满了小孩。每个人脸上都挂着开心的笑容。

老人家养了多年的一头牛，大概是他们家最值钱的东西，被几个青壮年掀翻在地；老人家拿着一瓶酒过来，慢慢地倒在牛的身上，口中念念有词，大意是感谢这头牛为他们祭祀祖先而做出的牺牲。屠夫提着刀走过去，手起刀落，那头牛光荣地牺牲了。梁红别过脸去，不敢看了。其他人则欢呼着，把牛抬到墓地门口，开始开膛破肚。

有人搭灶，有人劈柴，有人生火，刚才活生生的一头牛，没过一会儿就被炖上了。老人左手举杯右手倒酒，不分男女老幼，每一个人都上来喝一口，然后往后面传递。这也是翻尸节上的一道仪式，让族里的每一个人，都来分享这份喜悦。

正午时分，墓地门口已经挤满了人，甚至自发地形成了一个小集市：有人做了几盆凉菜摆卖，有人拿出家里种的山货支起个摊子，有人扛着个被单包卖旧衣服；还有水果摊、饮料摊等等；居然有人还开起了赌档——拿块木板画上六个格子，再拿一个色子放在杯子里摇了起来：买啦买啦！

背后是墓园，眼前却是一派热闹非凡的庆典场景——实际却是个祭奠仪式。这些都颠覆了我已经根深蒂固的世界观，短时间之内我还真的有点儿适应不过来，只能这么说服自己：这就是翻尸节，这就是马达加斯加，一方水土一方风俗。

牛肉开锅，一人尝两口，分而食之，随后翻尸行动就开始了。

墓园的铁门被打开，人们潮水般地涌了进去，又唱又跳，与墓园阴沉、肃杀的气氛完全不符。所有人都进了墓地之后，一支临时拼凑的乡村乐队开始奏乐，那真是锣鼓喧天、唢呐齐鸣。

人们自发地让出一条道来，老人的家属抬着一个担架一样的“灵柩”，举着国旗，欢天喜地穿过人丛进来了。

别样 Party。

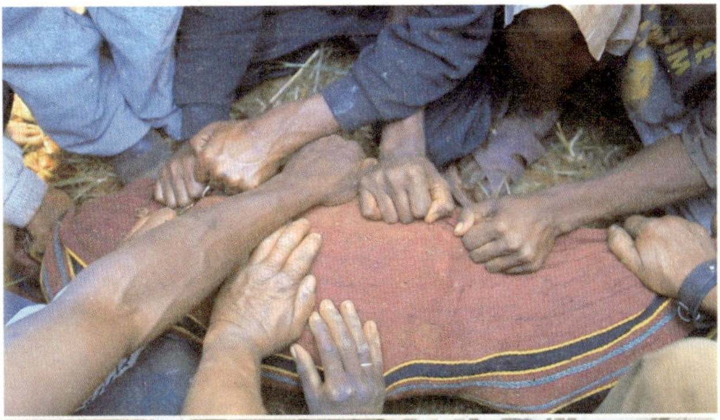

伴随欢快的音乐，人们载歌载舞，蹦着跳着扭着唱着，墓地里一派别样的节日气氛，俨然一个游乐园。我们几个中国人站在人群里，颇有些无所适从，在我们的观念里，真的无法想象在墓地里开 Party 的场景。

抬“灵柩”的一行人来到老人父亲的坟墓前，几个劳力挥舞铁锹，开始挖土。在墓地里掘坟取尸，这只有在恐怖片里才能见到的场景，在我们的眼前真实发生了，周围却毫无恐怖气氛，全是欢声笑语。

尸体埋得很浅，挖不到一尺，裹尸布就露出来了，没有棺木。几个人伸手下去，把尸体抬了出来，人群里瞬间爆发出阵阵的欢呼。裹尸布上的血污依稀可见，几个人用一块新的裹尸布包裹住尸体，死者的家人开始围到尸体边，手搭在裹尸布上，一边触摸一边诉说，与尸体“聊天”。他们陈述家里的好消息，谁结婚了谁生男孩了谁大病痊愈了等等，并表达谢意，祈求保佑。

现场每个麦那利人的脸上都是笑意盈盈，可我和梁红脸上的表情始终是拧巴着的，完全无法接受这样的行为。可能是心理作用，我总觉得空气里弥漫着奇怪的腐烂的味道。

按照传统，在这种节日上流泪是对死者不敬，但还是有一个人流泪了，那就是死者的妹妹，她说自己是因激动而流泪。她拉着梁红的手告诉我们，参加翻尸礼是一份至高无上的荣耀，死去的哥哥其实一直是和他们在一起的，现在把他从坟墓里挖出来，就是让他跟亲人们聚一聚，看看亲人们现在的生活。

几番“异界对话”完毕，人们把死者摆上那个“担架灵柩”，扛上肩头，开始在墓园里面游行。音乐又响了起来，歌声唱起来，舞蹈跳起来，几百人在坟墓间载歌载舞。翻尸节进入高潮阶段。

这场大型的“与尸联欢”活动，在人们的欢天喜地中持续了两个多小时，最后死者的儿子挥手示意，所有人都安静了下来。老人站在人群中开始讲话，感谢大家前来参加他的先父的翻尸礼，祖先非常高兴看到大家。

在欢呼和掌声中，人们把死者的尸体抬回墓坑，盖上树叶、杂草，填土，先人又长眠回地下，几年后，他还会再次“重见天日”，与子孙同欢。

一场浩大的节日，到此也告一段落。

人们意犹未尽地散去，傍晚的墓园归于沉寂，现场又回到一片荒凉，只剩下我们几个中国人和向导，站在座座坟包间，还在消化着这天我们所看到一切。有骇然，有好奇，也有对异域异族风俗的理解。

一阵晚风吹来，让人不寒而栗。

狐猴诱惑

来到马达加斯加，一定不能错过狐猴。那部动画片里，狐猴完全抢了老虎和斑马们的风头，把自己的形象推向了全世界，萌化了梁红，也萌化了我。

在找到狐猴之前，我们先和蝗虫遭遇上了。这儿发生了蝗灾，蝗虫铺天盖地，遮天蔽日，我们一行人赶紧躲进车里，看蝗虫大军掠过。不过车窗外的人们好像没事儿似的，孩子们没停下手里的游戏，忙碌的人们如常干活。向导说："习惯了，在马达加斯加，蝗灾太频繁了。"

片刻之后，蝗虫散去，一切又回归宁静。我们换乘牛车，来到丛林边缘，前方就是狐猴生活的地方。沿途有很多笔直粗壮的大树，两人合抱才勉强围住，每一棵都有二十多米高，笔挺笔挺的枝干，只有顶部有几根树杈，也不见树叶，结着一些红色的果子。这就是猴面包树，顾名思义，想必那果子就是猴面包了。

我在地上捡到一个掉落的果子，拳头大小，敲开尝了尝，果肉确实有种面包的味道。既然有猴面包，狐猴肯定会来这儿觅食吧？我们等了很久，一只狐猴影子都没见着。去问当地人，附近的居民说这种果子只有人吃，狐猴是不吃的！为什么？猴面包树太高，树干又太光滑，狐猴根本爬不上去！捡到自然脱落的果子，它们也掰不开。

见不到狐猴，我们决不放弃。找了一个熟悉丛林的人，带我们进入丛林深处寻找狐猴。

马达加斯加留给人们最初的印象，就是林海和藏在里面的奇花异卉、飞禽走兽，这次深入森林，果然没有让我们失望。周围的树和花草，我们完全叫不出来名字，偶有蜥蜴和螳螂跳过，还有斑斓的蝴蝶，也完全不是我们见过的品种。当然还有些很瘆人的东西，比如颜色鲜艳的蜈蚣，以及悄无声息游过的蛇。

走了四五公里，向导停了下来，示意我们安静。远处传来声声啼叫，像呜咽的喇叭，这就是狐猴在叫。向导找了一个地方站定，然后开始学狐猴叫，呼朋引伴。很快，头顶的树叶丛里就有了动静，一个东西飞快地在里面穿梭着，是狐猴！向导挥手让我们跟上。我们既兴奋又紧张，兴奋的是终于见到狐猴了，紧张的是我担心我们的动静惊吓到它。

这只狐猴体型和峨眉山的猴子差不多，但是长相不同，毛色黑白相间，更像是一只大熊猫，但是行动敏捷许多，在十几米高的树枝上，钻上钻下，动脱自如。它找了一根树枝停了下来，坐下东张西望，我们也赶紧蹲下远远偷瞄。在马达加斯加，狐猴有三四十个品种，我们眼前的这一只，是其中体型最大的一种。

不一会儿，它的同伴也过来了，几只一起在枝头攀上跳下。向导突然站了起来，但是狐猴们并没有如我们想象的受到惊吓四散逃去，反而跳到了他头顶的树枝上，搔首弄姿。向导跟我们分享了一个故事。这种狐猴都是生活在丛林的最边缘地带，还曾经救过一个在丛林里遇险的男孩，因此附近的人们对它们都很友好，经常放一些食物在丛林里。久而久之，这些狐猴也有了灵性，跟人类友好相处，并不害怕。

我对向导说，我们这次最想见到的，是体型最小的那种狐猴。向导点点头，带着我们继续往森林深处进发。向导说，那种体型最小的狐猴叫鼠狐猴，已经濒临灭绝，很少有人能够见到。

来到森林中的一处水源地，向导让我们在这里等，说是狐猴会来这儿喝水。不一会儿旁边的树枝上就有了动静，几个毛茸茸的小脑袋探了出来，特别萌，憨态可掬。女人见到萌物总会情不自禁，梁红忍不住“呀”了一声，几只小狐猴扭头看了过来。梁红有些自责是不是吓到它们了，向导摆摆手，说我们可以过去，小狐猴不怕人的。

我们靠近过去，树枝上憨态可掬的小狐猴有刚出生的婴儿般大小，小脑袋长尾巴大眼睛。梁红伸出手，两只小狐猴就爬上枝头想往她手上爬，结果树枝一抖，它们又赶紧缩了回去，不敢跳，逗得我们哑然失笑。突然一只最初见的“熊猫”狐猴跑了过来，作势要跳，梁红赶忙躲开，这么大个儿可接不住。

这种小狐猴已经很小了，但仍不是我最想看到的那种“袖珍”的鼠狐猴，向导说，白天是见不到它们的，必须要等到晚上。

我们只能先回去。在路上才得知我们的向导理查德是一个找狐猴的高手，熟悉每一个品种的狐猴。理查德坦言自己曾经是个狐猴猎人，在他很小的时候，就跟着人用吹箭在森林里围捕狐猴；不仅仅是他，森林周围的人都曾以捕猎狐猴为生，在黑市上用狐猴能够换来不菲的生活费。不过，现在已经没有人去捕杀狐猴了——政府成立了巡逻队，狐猴猎人一旦被逮住，会被判处 42 到 44 年的监禁。

离天黑还有点儿时间，理查德同意带我们去他家里看看。那是一栋盖在森林边缘的木房子，不大但是很温馨，几个孩子在无忧无虑地嬉戏。在这个家里，已经看不见任何跟狐猴有关的东西。向导说，狐猴曾经是他们为了生存而去猎杀的猎物，但是在这里生活久了，与狐猴为邻，狐猴们已经成了他们的朋友。他们不但不会去偷猎，还会自发地去保护它们。

傍晚时分，我们弄了两艘小船，沿着水路往上游划去，继续寻找鼠狐猴。

在马达加斯加的丛林里泛舟，确实是一件特别惬意的事情。河道很窄，水草丛生，两边的树林里常有枝叶探进水里，水面偶尔会打出一个漩儿，有鱼儿在撒欢；静寥的傍晚，各种虫鸣鸟啼齐齐奏响，仿佛丛林小夜曲，特别有意境。

在天彻底黑下来之前，我们收获了一份意外的惊喜：半路我们竟然和两只帝王狐猴不期而遇。它们站——对，没错，是站立着的——在河边，竖着长长的斑马线一样的尾巴看着我们，霸气外漏，一副君临天下的姿态。

帝王狐猴会攻击其他品种的狐猴，跟自己的同类也相处不好。我们上岸企图靠近，它们也不怕，见我们拿着食物，一只狐猴就大胆地径直走过来，跳到了梁红的身上。不过它不像下午见的小狐猴那么乖巧，而显得有几分顽劣。它用毛茸茸的爪子扒拉着梁红手里的食物，但是当梁红想摸它的时候，这狐猴就马上反应剧烈，做出要挠人的动作。

天已经彻底黑了，从林里传来各种各样的狐猴叫声。说实话，在夜晚漆黑的丛林里，听着这些声音，还是有些瘆人，全然不会联想到是可爱的狐猴发出来的，甚至觉得有些可怕。

到了一片开阔地，理查德带头上岸，打开手电筒往树上照。他让我们安静下来，抬头仔细寻找，注意红色的眼睛。鼠狐猴太小，甚至一片树叶就能挡住它，就算是非常有经验的向导，找起来也很困难。

“我看到了。”找了半天，理查德突然小声说。他刚用手电扫的时候，觉察到了狐猴眼睛的反光。他指向一棵树，我们靠近却什么也没发现，再靠近，才发现一条小小的尾巴露在树叶外面。掀开树叶，一只小精灵般的狐猴趴在树干上，瞪着大眼睛看着我们。

我瞬时喜出望外，没想到真的能亲眼见到传说中的鼠狐猴。它的个头比老鼠还要小，我把巴掌放在旁边对比了一下，这只狐猴甚至不到我手掌的一半大小，尾巴比身体还要长一点儿，小小的脑袋上挂着两只大大的眼睛——可以说脑袋上除了眼睛就没别的了。

它像一只新生的小猫咪，在树叶上蠕动着，每一个神情，每一个动作，都透着呆萌可爱。

我们企图再靠近它一点，但是发现它的眼神突然变了，有些惊恐害怕。看来这是一只内向的鼠狐猴，它就眼巴巴地看着我们，不敢动弹，一副楚楚可怜的模样，我们也不忍心再去靠近它了，只是静静地看着它，用相机记录下它可爱的样子。

神奇的大自然，造出这般可爱的精灵。我们真的很幸运，能在这里遇到它们。梁红说："看到这些可爱的鼠狐猴，才感觉到我们像是在度蜜月。"

天生萌宠。

哭泣的红木

见到了千载难逢的鼠狐猴，我们的马达加斯加之行可谓圆满。离开森林的时候，理查德不无惆怅地说："现在狐猴越来越少，以致到濒临灭绝的境地，跟你们中国人有很大的关系。"

我听了有些莫名其妙，马达加斯加的狐猴，与生活在万里之外的中国人有什么关系？理查德作出了解释。原来狐猴们生活的森林，正在遭受大肆砍伐，它们的生活空间越来越小，数量随之越来越少。他之所以那样说，是因为中国人偏爱红木，而马达加斯加是全球红木最多的地方，从这里砍伐的木材绝大部分被运往了中国。

高额的利益诱惑，让无数人跑到马达加斯加来盗伐森林。

拯救狐猴，当一回"猴子请来的救兵"。我心里萌生了一个想法：假扮木材商人，一探中国人在马达加斯加的红木交易。

理查德一摊手，红木交易属于黑市交易，甚至还有军方参与，所以具体的他并不知情，不能继续做我们的向导了。不过他把我们介绍给了一个朋友，还对朋友说我是来自中国的土豪，前来采购红木。

看我脑袋大脖子粗，确实很有土豪范儿，他的那位叫迈尔斯的朋友答应带我去买红木。

迈尔斯找了他的一位朋友，安排我们坐飞机去了马达加斯加的东海岸。降落地点是一个建在山里的机场，机场里竟然有不少牛在悠闲地吃着草，挺有意思。当然，更让我们觉得不可思议的是，这个小型机场里，停着好几架私人飞机和豪车。迈尔斯说：“这些飞机和豪车几乎都是为你们中国人服务的。”

机场里的其他人，见了我们几个黑头发黄皮肤的人，都格外客气。可能在他们的印象里，来这儿的中国人肯定就是财神爷。

迈尔斯人脉通天，经过层层引荐，终于有一个卖红木的 Boss 浮出水面，答应跟我见面交易。

拿出一身老板派头，现在我就是土豪，梁红女士则是我的翻译，我们雄赳赳气昂昂地“谈生意”去了。

坐了两个小时的船，迈尔斯把我们带到了一座半岛上，这里是马苏阿拉国家森林公园的一部分。因为这事儿确实违法，所以具体地点在书里我就不透露了。迈尔斯说，住在这里的每个人，都或多或少跟木材生意有关。

上岸，在山路旁，看到一株豌豆苗一样的小苗，那就是红木的幼苗，挺可爱的。迈尔斯说，这棵小苗需要经过几百年，才会长成玫瑰木——也就是我们所说的红木。

红木曾经是马达加斯加最重要的出口资源之一，但是随着国外需求的增加和不加节制的砍伐，红木已经成为濒临灭绝的植物之一了。马达加斯加政府已经出台法令，禁止砍伐红木。但是和狐猴一样，只要有利益，就一定有买卖；只要有买卖，就一定有伤害。

去红木场前，我想在这片山林里找到一棵还活着的成年红木看一看。迈尔斯没有拒绝，他说这儿的红木早就被人砍光了，只有一棵还很年轻的树没有砍。寻宝似的，我们在丛林里找了很久，终于找到了迈尔斯说的那棵树。四五十岁的它，也就差不多我的胳膊般粗细，我用小刀削去表皮，挖了几厘米深，才看到红色的树芯——在中国人眼里代表着财富和永恒的红木。

一行人步入山林深处，看到一间小屋。我整了整衣服，挺了挺胸，得装出财大气粗的老板范儿。进去之后，我们见到了事前联系的那个Boss。他是个四十岁上下的中年男人，神情冷峻，脸上始终没有表情。他的身边还站着两列保安，全副武装，这让我们瞬间紧张了起来。

宁为无用之树，不愿夭于刀斧。

去见这个 Boss 之前，谢宇航就提醒我："进去之后你们互相之间一定不要随便说中文，对方长期跟中国人做生意，肯定有懂中文的人，你们要是以为对方听不懂胡乱绉，穿帮了就极可能被人现场干掉。"

引荐者称呼他为 General，老大。我们直奔主题，就说我们是来买红木的。老大将信将疑地看了看我们，提出质疑：你们没有开车，也没有大船，怎么运走木头？

我忙说今天先来看看货，成色好再开大船来运走。老大说，如果你想买木头，可以给我发邮件或者打电话。我一口拒绝："No e-mail，No phone！ Just face to face！"所有人先是愣了一下，然后笑了，刚才紧张的气氛顿时轻松下来——对方确认了我木材商人的身份。看来我的演技不错。

我提出要去看看砍伐红木的现场，老大答应了，看来中国富豪在马达加斯加的商业形象不错。

末了，有人拿出一张洁白的桌布铺在桌子上，还端上几个矮脚杯。老大拎出一瓶红酒倒上，跟我举杯："祝我们合作成功！"——这怎么看都是电影里黑社会交易的桥段，但最让我震惊的是，老大说这句话用的是中文！幸亏谢宇航提前给我打了预防针，如果我真的在现场说中文露出马脚，极有可能命丧当场。

老大的随从让我们先回酒店，明天早上五点，会有人带我们去山里看木头。

第二天天还没亮，就有人来敲门，是老大的人。我们再次回到海边，上船，去另外一个地方，那儿才是真正的红木黑市。

海滩边有一些茅屋，有人守在那里，谨慎地看着我们。接我们的人上前说明来意，一个长相凶悍的男人示意我们跟着他上山。又走了好一会儿，密林之间出现一片空地。有一些工人拿着砍刀，在一些卧倒的红木上忙活着。他们倒是一个个面相淳朴憨厚，应该就是最底层的伐木工人了。

空地中央，有几块特别大的油布搭在空地上，下面不知道遮着什么东西。一个人走过去，从右到左掀开油布，那场面有点儿触目惊心：数不清的被砍伐、去皮的红木，堆放在那里。

说实话，在国内的时候我也买过红木，也曾为其价格之高咋舌。一串手链好几千，一套红木家具甚至上百万。此刻来到红木老家，看到这么多尚处原木状态的红木，我还是震惊了。这要是按照国内的价格换算，就相当于此刻我眼前堆着好几亿的钞票。

从树的粗细看，这些红木都至少有二百年的树龄了，一个负责人上来问，我们想买多少，我反问他们有多少，“75 吨。”

我装模作样地拿着把小刀走上前去，找了一棵红木戳了戳，又使劲儿抬了抬，纹丝不动。红木虽然“身材”精瘦，但是质量却如实心钢铁，正因为它稀有且硬实，而且有着在中国人看来代表喜庆的红颜色，所以价格连年飙升。

迈尔斯给我介绍了一下红木砍伐的工序：伐木工人们在深山里找到红木，砍倒，去枝桠，然后在尾部凿一条沟槽，用绳子拴牢，再几人合力往木场拖。一般人不可能单独搬运起一棵红木。

我说想看看木材的成色，他们拿了把锯子来，在尾部开始锯，只锯出浅浅的一道痕，锯片儿就卡住了，根本锯不动。换了砍刀来砍，跟敲在铁锭上似的，“叮叮”作响。好不容易凿断一截，再看那砍刀，俨然成了锯子。我闻了闻刚截断的红木切面，辛辣味儿。

我竖起了大拇指，对方笑了，说：“我们的东西都货真价实，不卖假货。”周围的一些工人和随从们，每个人的眼里都闪着兴奋的光。

“身材”精瘦，硬如钢铁。

脚踩“金山”，体验一把土豪的感觉。

没有暴发户，只有可怜人。

接下来就是跟现场负责人议价和交易了。我们团队的其他人都被要求留下，只准我一个人去。梁红有些紧张，说她是翻译，要求跟我一块儿去，但被拒绝了。我看到了她眼神里的担忧——其实我也紧张，但我还是故作轻松地做了个 OK 的手势。

我被人单独带到一间小屋子里，在房子里所有的剧情都被反转了。我震惊了：他们的开价非常便宜——极度的便宜——便宜到让人难以置信，与国内的红木制品的天价形成巨大的反差。看来在红木生意上挣钱的，是走私商和商家；而真正付出巨大的体力劳动，甚至冒着被逮捕危险的第一线伐木工人，只得到了皮毛。

强撑着把戏演完，我交了一部分订金，约好明天开大船来运木头。

下山离开的时候，我百感交集。我们本是冲着揭露这些非法砍伐的人来的，但此时我竟犹豫了。我看到了那些工人们听说我们要买木头时，眼睛里的闪光，那不是因为贪婪，而是因为每卖出去一些木头，他们就能拿到一些钱，可以用来填饱肚子和养活家庭。在外界看来可谓暴利的红木产业链里，这些伐木工们其实面临的风险最大，而他们拿到的只是一些面包屑。

在别的国家都有贫富差距，但我可以说，在马达加斯加没有，因为这里的每一个人都很穷，富有的只有中国人。随之而来的，是红木森林的濒临绝迹。

黯然登船，加速离开，后会无期。对这个世界，我有些惘然了。

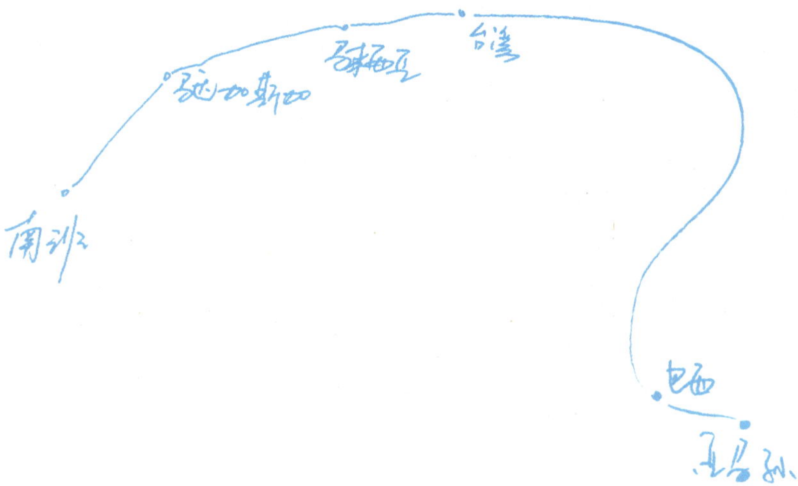

第三章 PART 3 别样桑巴

以足球之名

回到巴西。这其实是我和梁红第一次来巴西，但我却感觉是“回到巴西”，因为我们早就跟桑巴王国有一场约会，但那次我们错过了。

2013 年开帆船去南极结婚的时候，我们的计划，是离开墨西哥到达南美大陆时，沿着东海岸线南下，途经巴西，去亚马孙丛林里闯荡一番，再继续南极之旅。后来因为沿途的各种事故延期，以及哥伦比亚革命，我们再停留巴西的话会错过登陆南极的最好时机，因而走了西海岸线，和巴西擦肩而过。

2014 年夏天，全世界的目光都聚焦巴西，“蜜月”途中的我和梁红，决定回到巴西，去补上那一场错过的约会。

这个 7 月，亦是巴西以足球的名义，和全世界球迷约好的一场约会。第二十届世界杯，在这里鸣锣开幕。四年一次，准时到来，不分民族、不分国家，不管有没有份儿参与，普天同庆。

桑巴王国的另一个名字是足球王国，这是一片无论男女老幼，都深爱着足球的土地。世界杯回到足球王国，来巴西还需要更好的理由吗？

当桑巴遇到足球。

我是一个伪球迷，很难切肤体会到足球带来的欢喜和悲伤，却总能和足球不期而遇。两年以前，我身在索马里首都摩加迪沙时，在铁丝网包围的酒店里，碰上了欧冠决赛，拜仁对切尔西。那一天英格兰人笑到了最后，哭泣的是德国人。后来在杰济拉海滩，我还看到了背着 AK-47、光着脚踢球的索马里人。我甚至还记得，在 2002 年的中国，许多孩子剃着“外星人”罗纳尔多的阿福头，大街小巷的黄衫为谁穿；当年我也有一件 9 号球衣压在箱底。

走在里约热内卢的街头，却发现街上没有人，商店歇业，写字楼关门。我们的翻译费尔南多说：“今天有比赛，小组赛巴西对喀麦隆。国家队有比赛的日子，巴西全国放假。”这个国家对足球的狂热，可见一斑。

“里约人这会儿都聚在科帕卡巴纳海滩了。”梁红用手机查了一下，说道。

“走，凑凑热闹去。”

驱车赶往科帕卡巴纳海滩，拐了个弯进入一条主道，刚才静悄悄的街道，瞬间变得锣鼓喧天。人们突然一下子全涌了出来，铺天盖地。他们举着标语、拉着横幅，振臂喊着口号，还有人在焚烧衣服和旗帜。

这是一群示威者，他们在反对世界杯。这是怎么回事

普天同庆下的“不和谐”音符。

儿？正在我发愣的工夫，一个警察走过来敲车窗，示意我们掉头，这里实施交通管制了。我干脆把车靠边停了，下车混进了游行队伍。

队伍的最前头，两个年轻人抬着一副棺材，抬梓出征。“世界杯比不上贫民窟的眼泪。”随后跃入眼帘的，是这样一条葡萄牙语横幅。一些孩子手里抱着照片：有总统卢拉的画像，更多的是被病痛折磨的穷人和饥饿的小孩的照片。

游行的人流浩浩荡荡，延绵几百米，随着队伍的前行，还不断地有人加入。两边是全副武装的警察严阵以待，陪着游行示威的队伍缓缓前行。他们只是维持秩序，不镇压不驱散。

混在人群里跟了一阵儿，我大概明白是怎么回事儿了。大部分巴西人在为足球欢呼的时候，还有一些巴西人在因足球而流泪。他们示威抵制世界杯的目的，就是希望政府能在贫民窟和公共事业上多投入一些钱，来改善老百姓的生活，而不是劳民伤财地举办世界杯，以及接下来的 2016 里约奥运会。

可能是因为我本人对足球不热衷，我似乎更能理解这些劳苦大众们的诉求。

几步之外，另一个游行队伍热热闹闹地过来了。这是一队巴西球迷，身着黄衫，脸抹涂彩，敲锣打鼓，又唱又跳。

两支队伍相向擦肩而过，各做各的，没有冲突，没有争吵。可能很多人昨天在游行的队伍里，今天又出现在球迷的队伍里。示威归示威，身在这个国家，他们依然热爱足球。

不知不觉，跟着队伍我们就到达了科帕卡巴纳海滩，这里是里约，甚至可以说是整个南美大陆最大、最美的一片海滩。盛名在外的巴西狂欢节，这里便是主会场。现在，这里变成了球迷的海洋。

我看了看手表，这会儿时间尚早，离巴西和喀麦隆的比赛开始还有好几个小时，球迷们已经陆陆续续开始往这儿汇集了。沙滩上也到处是足球的身影，沙滩足球、网式足球，甚至浅滩处还有水上足球。

海滩边上的一排熊的雕塑，吸引了我。每一只熊代表着一个国家，都呈站立举起“双手”的姿势，但是身上的服装彩绘，就各不相同了，加入了各个国家各具特色的元素。法国熊的肚子上，雕刻着埃菲尔铁塔、凯旋门、罗浮宫。美国熊最好认——自由女熊。代表中国的那只熊，让我有些意外：穿着蓝色唐装，上镶橙色的龙图腾。两只袖子上，各刻着一个字：“自”“强”。

自由女熊与“自强”龙熊。

这是形容中国这个国家的呢，还是形容中国足球的呢？或者是巴西这个国家对中国人的认知？希望都有，希望下一次世界杯的大 Party，中国队不会缺席。

傍晚时分，海滩上竖起了几个巨大的 LED 屏，提供比赛的现场直播。再环顾四周，已然人山人海。沙滩上的每个角落都挤满了人，蹦蹦跳跳，载歌载舞。有人说现场有十万人，我估计还不止。这些人绝大部分是巴西球迷，还有美国球迷、墨西哥球迷、阿根廷球迷等，混杂其中。

小贩们也来了，售卖巴西队周边产品（有球衣、围巾、队旗等）、大力神杯汽水、各种小吃，四年前在南非威震江湖的呜呜祖拉也重现江湖。

军用直升飞机在我们的头顶盘旋；不远处的海面上，几艘军舰也在来回巡弋；沙滩堤角，也停着好几辆警用大巴。数十万人的聚会，放在哪儿都不是小事儿。此时此刻，整个巴西，可能就这些军警们还没有放假吧。

天渐渐暗了下来，整个海滩的热度不降反升，比赛快开始了。数万人跟着 LED 屏里的 DJ，齐声呼喊着球员——亦是国家骄傲的名字；而后是全体起立，唱巴西国歌，完了是再一次的集体欢呼：巴西必胜。

比赛开始了，每个人都很兴奋，表情也很自然，他们似乎一点儿也不紧张。我们身边的一个巴西球迷说："非洲人根本就不是我们的对手，斯科拉里和巴西球员们会很轻松地击败他们。"看来他们对自己的子弟兵充满信心。

蓦然，我在人群堆里看见了一抹深绿色，一个"非洲雄狮"喀麦隆的球迷，穿着一件喀麦隆队头号球星埃托奥的球衣，在巴西球迷堆里来回穿梭，蹦蹦跳跳，高喊着"Cameroun！ Cameroun！ Samuel Eto'o，Samuel Eto'o"。

周围的巴西球迷很友好，对于混在他们之中的这个蹦跶的"敌人"，只是微微一笑。

开场是沙滩上的第一次欢呼高潮，17 分钟后内马尔的第一粒进球，让科帕卡巴纳沙滩再次沸腾，到处都是内马尔之歌。8 分钟后，喀麦隆意外扳平，比分 1：1，巴西人抱头咒骂，啤酒杯子扔了一地。

我的视线第一时间在人群里搜寻"喀麦隆的埃托奥"：他兴奋得从椅子上摔了下来，开始疯狂地欢呼跳跃，还很不知趣地去拥抱身边的巴西球迷。我估摸着他这是在讨打，跑不了一顿揍。但是巴西人很克制，认为比赛始终在自己的掌控之中，只有少数人推了他一把，或者把啤酒泼向他。当然，沙滩上也有人支持他，那就是巴西在南美的死敌阿根廷的球迷。

比赛终于还是回到了巴西节奏，内马尔、弗雷德、费尔南迪尼奥连进三球，让比分定格在 4：1。

让我感动的是，那位早已喊哑了嗓子的喀麦隆球迷，在巴西人的一次次庆祝中，依然痴心不改，声嘶力竭地为自己的祖国呐喊着，欢呼着。

比赛结束了，狂欢却才刚刚开始，有人甚至放起了烟花。此时还不到深夜，在这四年一度的节日里，没有人会愿意早早回家睡觉。直到太阳出来之前，整个科帕卡巴纳海滩，或者说整个巴西，都会沉浸在喜悦里。

梁红和我，虽然是两个伪球迷，但是在和这群狂热的球迷共处的这两个小时里，我觉得任何人，哪怕是一个曾经十分厌恶足球的人，也会被现场的气氛所感染，爱上这项世界第一运动。

足球不仅仅是一项运动，它是信仰，也载负着一个国家的使命和荣耀。

FRED
9

上帝之城

随着世界杯到来，全球数百万计的球迷、游客涌入巴西，涌入里约热内卢。世界杯鏖战至酣的同时，当地毒贩的生意也随之升温，火爆得不行。

里约热内卢，这个世界最美的城市，却也是毒品与犯罪的天堂——每 10 万名市民中，每年就有 50 人遭谋杀，因此也被称为“流弹之都”。

暴力的源头，则是无处不在的贫民窟。最大的一个贫民窟，叫作阿莱芒。它是全世界最著名的贫民窟，它还有另外一个名字：“上帝之城”，或者“无主之城”。有部电影叫作《上帝之城》，讲述的就是巴西贫民窟的故事，看过该片的人，无不对这片黑暗之地心生恐惧。阿莱芒是由 13 个贫民窟和 5 个山头组成的贫民窟群，占据了里约热内卢北城 42% 的面积，其规模之大可以想象。

毒品泛滥、脏臭乱差、停水停电、警匪对峙、枪林弹雨……在我计划去巴西之前，搜索阿莱芒的资料，这些关键词争先恐后地往视线里钻，继而脑海里各种想象画面就配合着呈现出来。

在我个人意愿的驱使下，这次决定实地去一探“虎穴”

上帝之城。

阿莱芒，那片被毒枭掌管的地方。

前不久在约翰内斯堡穿过的防弹衣，又派上用场了，我们还加了一辆防弹车。但在各种对阿莱芒的危险渲染之下，这些装备依然让我和梁红很没有安全感。

我们的车子缓缓驶入阿莱芒，熙熙攘攘的小街小巷，很有生活气息。这里是巴西利亚小区，整个里约最危险的地方。我们的车太过招摇，每个人都在盯着我们看。我们请的向导是附近警局的一个警察，他把头埋得低低的，如果被认出来，他就死定了。他说："这里从来没有外国游客进来过。"

一个小孩跑到车后，偷偷地用手机拍我们的车牌，我紧急刹车后，那孩子闪身进了旁边的一个小商店，不见了，我们也不敢下去追。向导一脸紧张，说我们已经被盯上了，必须出去。

此时，我们才进入阿莱芒两分钟。

向导给我们讲了阿莱芒的故事。对这块贫民窟群，此前政府采取的是放任和施压的态度。后来毒贩来了，他们藏身其中，给贫民窟修了自来水，拉起了电线。在贫民窟住户们心里，毒贩们才是来拯救他们的人。自然而然的，这里成了毒贩们的蔽护所，阿莱芒的社会秩序也由毒贩们来掌管。这里成了犯罪分子的天堂。

这种格局一直持续到2010年年底,巴西政府决定让“上帝之城”回归正常社会,出动了2600名军警,动用了直升机、坦克、装甲车等装备,攻入阿莱芒,和毒枭们展开正面对决。激战七天七夜,双方付出大量伤亡之后,军警们终于将巴西的国旗插上了阿莱芒的制高点,并在那里修建了警察局。

但是,政府方面取得的只是局部胜利,拿下了五个山头的表面控制权。被逮捕的毒枭头子,依然在监狱里遥控着阿莱芒的生意。这里还有很大一片区域依然掌控在众多毒贩的手中,而且他们会不时地去“骚扰”一下警察,慢慢渗透回来,企图“收复失地”。

针对阿莱芒的现状,政府开始采取怀柔和引导政策,在阿莱芒占领区设立警局,建设一些公共设施,并在5座山头上建立了缆车站,免费供贫民窟居民出入使用。游客到来则要收取1个雷亚尔的费用。即使如此,经过毒贩几十年的经营,还是有很多人站在了毒枭们的一边。每年依然有许多警察在阿莱芒殉职。

向导说,他已经记不清参加了多少次同僚的葬礼了,他能活到现在已经是个奇迹,他也不知道什么时候自己会死在这里,总有一颗子弹在等着他。

愈是这样，我愈不能放弃这一次的阿莱芒探险之旅，我们更换路线，决定从一个山头坐缆车，再次进入阿莱芒贫民窟。

在缆车站，我们看到山下密密麻麻一片，全是五彩斑斓的贫民窟。这里还有一些游客，他们说因为背后就是警察局，才敢在这儿居高临下看看这在电影中见过的场景，不要命的人才敢下去。还有些八九岁的小孩在这里摆摊做生意，卖些小玩意儿和矿泉水。梁红问一个小孩怕不怕，小孩说以前害怕,现在不怕了,虽然这里之前有很多的坏人，但是现在都结束了。

下了缆车，深入贫民窟内部，一个光着膀子的家伙凑了过来，冲着我们笑，跟我讨了根烟，然后邀请我们去他的家里。这让我有些纠结，想去又不敢去，毕竟咱们人多，目标明显,潜在的危险也更大。一咬牙,我还是决定跟他走，既然来了就要不虚此行。

他的家就是一间砖砌的小屋，家徒四壁。一进门，他就对我说，只要给他点儿毒品，他的什么都可以拿走……我有些骇然，没想到在这里碰到的第一个人就是个吸毒者。看着瘦削的他，大伙儿有些同情。不料他却说，住在贫民窟挺好的，他每天洗碗的时候，抬头就能看见里约全景，远处的基督山、近前的大海，多美啊。

他的邻居家看起来相对富有些，也邀请我们进去坐坐。屋子里有一个沙发两把椅子。男主人很健谈，在沙发上一躺，开始滔滔不绝。他也说在贫民窟住着挺好的，他们和毒贩互不干涉，各有各的活动区域，并不像外面别人说的那么恐怖。

我跟他讲了我们进来之前，就有小孩跟踪拍照。他一笑，说不否认在某些情况下，这里的危险还是存在的，但是比以前好多了；他也上网，这里绝对不像外面描述的那样恐怖。

至于警察与毒贩相持这个局面，他认为这是永远无法改变的一个事实。因为里面牵扯着利益、生命，还有几十年下来养成的习惯。周围这些破败的房子里，藏着无数的制毒点和手持各种武器的毒贩集团战士，他们的使命，就是抵御敌对帮派和警察。

从二人家里出来，抵达巴西利亚区缆车站，向导的神情就有些不自然。车站的墙壁上，有很多弹孔。向导告诉我们，这里是毒贩活动最频繁的一个区域，经常发生交火，上周他的一个同伴就在这里殉职。他催促我们快点儿离开，说他得到消息，这儿一会儿会有毒品交易，警察局已经派

人来了。眼角余光里，我已经看到两个警察端着枪，隐蔽在墙角。向导一刻也不想再待在这里，我却不愿意离开，想跟随出警去看一看。向导急了，说毒贩如果撞见外人，是一定会灭口的，如果我们一分钟之内不离开，他就不管我们了。

无奈之下我们离开了巴西利亚缆车站。旁边的一个小卖部门口，摆着一台电视，一些人聚在那里喝酒看球。我不想错过这次警匪对决，想在这里等等，看看事情的发展。

电视里放着世界杯巴西对智利的淘汰赛，店主给我们搬了几把椅子坐下。所有人都扭头看我们，眼神很严肃，但是很快又把目光移回到电视机里的球赛上。

看见我们也在那儿聚精会神地看球，支持着巴西，那些人很快就对我们友好起来，有一哥们儿还给我们送了一桶饮料。在周围玩耍的孩子们，频频跑上来对着我们的摄像机笑、做鬼脸。

坐在人丛里看着球赛，我却难免紧张，缩着身子，紧紧地夹着防弹衣。周围的其他地方，也远远传来欢呼声，所有人都在看这场比赛。墙壁上的弹孔，从前的流血往事，潜伏的毒贩交易，伺机而动的警察……他们似乎都觉得无所谓，早就见怪不怪了，全身心沉浸在球赛里。孩子们似乎也已习以为常，各自玩耍。

周围人的情绪逐渐感染了我，让我渐渐忘记了紧张和害怕的感觉，全身心地融入到他们之中。足球确实是一项很神奇的运动，它能凝聚所有人，也能让人们暂时忘记痛苦和危险。

比赛结束，所有人都站起来庆祝巴西晋级，我也跟他们一起雀跃鼓掌。不远处的警察和毒贩，后来到底发生了什么，我不知道，有足球，谁在乎呢?

希望还在，巴西别哭

当东道主桑巴军团在世界杯半决赛中被德意志战车碾压而过，巴西举国哀伤的时候，我和梁红正身处亚马孙的丛林深处。即使在这里，足球的影响也无处不在。我的土著朋友们，全部静静地看着黑白电视机，已经忘了一个小时前大比分落后时候的愤怒，此刻全部呆立着，默然流泪。

或许我已经开始懂了一点儿足球，这本就是一项必须分出胜负的竞技运动。它会带来快乐的笑容，必然也会带来苦涩的泪水。只是没想到，这个夏天会带给巴西人如此

巴西，别哭。

苦涩的味道，遇上这样一场前所未有的、近乎耻辱的失利。大比分惨败于德国被淘汰出局，在足球王国的每个人心上都留下了一道疤痕。

我不知道怎么去安慰身边的朋友，只能在心里默默祝福：巴西别哭，你们体验过昨日的荣光，今日的泪水也必然能够承受。只要希望还在，明天，胜利的荣耀，依然会回到马拉卡纳。

巴西和德国半决赛后的几天，从亚马孙归来，我和梁红再次走上里约的街头。还处在节日氛围里的，是德国人、阿根廷人。许多街道和我们来的那天一样，一片安静；巴西人并没有我想象中的激烈情绪，他们还在尽着东道主的责任，站好自己的岗位，招待各方游客。

这里的孩子们，也似乎并不懂得失败的意义，依然很灿烂地对我们微笑。

再次来到科帕卡巴纳海滩，上一次填充这里的黄色，已经被蓝白色占据。在靠近亚特兰大大道的一片沙滩上，一个玩着花式足球的巴西人吸引了我。他穿着一件绿色的11 号球衣，上面印着“100% Freestyle”。他的双脚像变魔术一样，做出各种花哨而匪夷所思的动作。我和梁红都看得目瞪口呆。

“那是费尔南多·比奇。”我们的翻译认出了他，“和我同名，也叫费尔南多。”

原来这个比奇是巴西著名的花式足球教练，早已名声在外。他教过的球员中，就包括现在巴西的当家球星内马尔，以及前巴塞罗那天王小罗——罗纳尔迪尼奥。比奇教授内马尔一些足球技巧的视频，早已在互联网上被无数人看到。甚至小罗为耐克拍的广告里，很多动作都是由比奇替身完成的。

我们上前和他攀谈了几句，比奇非常地友好，爽快地答应了为我们表演几个绝活。脑袋、脚、胸部、背部……除了手，比奇身体的每一个部位，都能配合着足球做出各种让人拍案叫绝的动作。特别是最后他舒展全身，表演了一个倒挂金钟，现场所有人都目瞪口呆。

在他的指导下，我试了几下颠球和踩单车，毕竟拖着270斤的身子，样子肯定很笨。

几个路过的小孩，认出了比奇，抱着球很崇拜地跑了过来。孩子们都知道他是内马尔的老师，请求比奇教教他们。比奇很热心，耐心地教了孩子们一些简单的花式动作。

围观和参与练球的孩子越来越多，一个美丽的小女孩也加入了进来，还要求比奇帮她实现一个愿望：带她去见

能当小罗师父，当然不同凡响。

内马尔。比奇狡黠一笑："除非你颠够 50 个球。"

我们无意在伤口上撒盐，但还是问了比奇和孩子们，巴西被德国人踢出局，他们伤心吗？会不会对球员们失望？

比奇回答："除了当时很震惊之外，就没什么了，足球场上什么都可能发生，球员们也都已经尽力了，他们还可以憧憬 2018 年俄罗斯世界杯。"

小朋友们就更乐观了："内马尔才 20 岁，他会在四年后把大力神杯带回巴西的。"

这不仅是足球的魅力，也是巴西球迷的魅力。足球和生活一样，明天总是值得期待的。

贫民窟里的足球小将

结束了在海滩上的"临时教练"工作，比奇要去贫民窟见一位别人向他推荐的小球员，他同意我们跟过去拍点儿东西。

这是一个普通的贫民窟，依旧是拥挤的房屋，破落的街道，但这里却少了阿莱芒贫民窟中的紧张气氛。这里的每一个人好像都认识比奇，热情地跟他打着招呼。比奇说，几年前他和罗纳尔迪尼奥来贫民窟拍广告片的时候，来了很多毒贩，但看见是他们，都把枪收起来了。

在巴西，足球重于一切，球星的地位高过总统。

今天比奇是来看一个叫作胡安·迪奥的十岁孩子的。一位前网式足球冠军、现在的黑摩的司机，将这个贫民窟里的小男孩儿推荐给了比奇。

胡安·迪奥长得很像少年时期的小罗，都有两颗大门牙、一头方便面似的卷发，还有脸上一直挂着的灿烂笑容。在贫民窟内一个半块篮球场大小的水泥地上，比奇和小迪奥，围着一个足球比画了起来。胡安·迪奥的妈妈说，足球是他从小的梦想，关于足球的一切他都知道，而且他也真的踢得很棒，贫民窟社区里的每一场比赛，他都会参加。

不一会儿，贫民窟里的其他孩子也都出来了，纷纷加入了踢球游戏，想在比奇面前大展拳脚。

比奇自觉地退了出来，他对我们说："这些孩子都踢得特别好，在贫民窟里缺少好的教练给他们上课，很多孩子就这样被埋没了，眼前这些小孩，都是被埋没的天才。"对于胡安·迪奥，比奇更是赞不绝口，他说没想到这个小孩能踢得这么好。假以时日，他一定会是下一个小罗、下一

明天，总是值得期待。

提前与明日足球巨星合个影。

个内马尔。

临走时，比奇给胡安·迪奥留下了一个足球："这是给你们的礼物，但是不是给你一个人的，是给大家的，记得一定要和同伴们分享足球的快乐。"

"你怎么看待中国足球？"在离开贫民窟的路上，我终于问出了这个问题。问完，所有人都不约而同地笑了。

比奇说："对于中国足球来说，我喜欢他们表现出来的民族特色。我给中国球员上过课，你们中国人都很努力，纪律性很强，有决心有毅力……"

"然后呢？"

"但是……"比奇有些尴尬地笑了，"基本功太差，控球太差。球传过来，就飞走了……"

击掌、握手，拥抱。夕阳下，比奇一路小跑着带球远去，给我们留下了一个约定：2018 年，和中国足球一起，在俄罗斯相见。

我和巴西世界杯的亲密接触就这样结束了。如今，想着那些贫民窟的孩子，我总是感到有些悲哀：贫民窟出过很多巨星，但也有更多的孩子被埋没了。那些在欧洲踢球的孩子，有昂贵的球鞋、豪华的足球学校、完善的培养机制。而这些极有天分的巴西孩子，却只能在街头，在贫民窟的街头追寻他们的足球梦想。足球是许多孩子走出困境的唯一途径。

但愿这个夏天的一场失败，以及现在的困苦条件，夺不去这些孩子的快乐，关于足球的最纯粹的快乐。

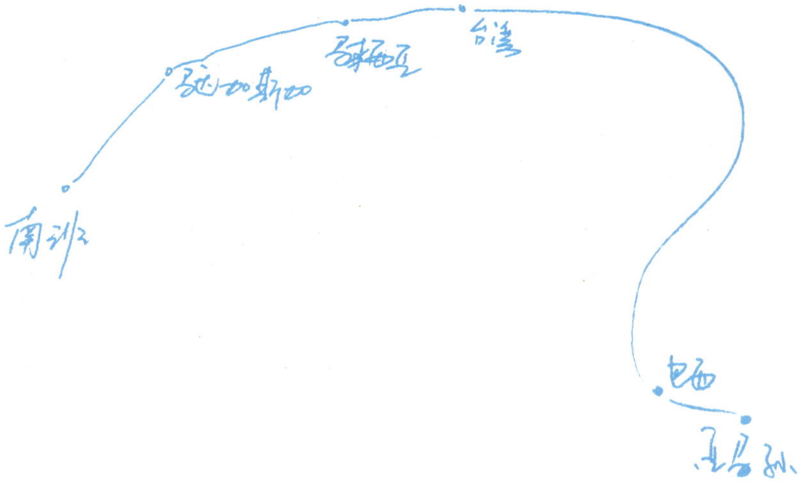

第四章

PART 4

冲入亚马孙

别样萌宠

跟食人鱼一块儿游泳——在我做环球计划的时候，就有了这个疯狂的想法。当时只是一想，并没过多去想到时候具体怎么做。此次到了巴西，亚马孙丛林于我近在咫尺，我觉得是时候把与食人鱼共浴的想法付诸实践了。

从里约热内卢连夜奔赴玛瑙斯——亚马孙丛林在巴西的入口。

此前我已听了太多关于食人鱼的传说。曾有媒体报道过，有一辆载着三十多人的汽车掉进了亚马孙河里，被捞起来的时候车里只剩下三十多具白骨。听着都骇人，食人鱼是什么样子的？会不会真的吃人？

这些疑问在我脑子里盘旋了很久，接下来的旅程，我要一一将其解开。

这个季节正逢夏雨连绵，河道涨水。城市里有些低洼的街道被河水淹没了，我们看到居然有人拿着网在被淹没的街上捕鱼。也就二三十平方米大的地方，渔人站在过街天桥上，每一网下去都会有收获，而且一桶鱼里居然没有相同的品种——足见亚马孙河里鱼类品种的丰富。

凑近鱼桶看了看，没有我想找的食人鱼。我决定去水产品市场看看。玛瑙斯有亚马孙流域最大的鱼市，在这里我们见识了许多千奇百怪的亚马孙河里的鱼类，形态各异，很多鱼连名字都没听过，却依然没有找到食人鱼。

一个鱼摊的老板告诉我们，这里平时是有售卖食人鱼的，但是现在这个季节没有。传说食人鱼味道鲜美，但是是季节菜，我们没口福了。

捞不到，没得卖，只能自己去找了。我们租了一艘船，找了向导，准备深入到亚马孙丛林深处，去钓食人鱼！

驶出玛瑙斯没多远，我们在河上看到了奇特的一幕：我们船左边的河水浑浊不堪，右边又清澈无比——非常立体地把“泾渭分明”这个词儿演绎了出来。左边是从秘鲁流下来的索里芒斯河，右边是从哥伦比亚流过来的尼格罗河。它们汇聚在一起往远处奔去，成为亚马孙河，Amazon。

莽莽亚马孙丛林实在太大，大约有六百万平方公里，幅员辽阔，几乎相当于大半个中国。里面除了藏着众多不为人知的奇花异草、参天古木，还生活着许多或身形庞大、或身携剧毒的“杀手”。听闻了太多关于亚马孙丛林危险的信息，让我们无暇欣赏两岸风景。岸上的危险且不说了，单说这水里的，就有长达两米的凯门鳄、能够轻松咬断人腿的巨骨舌鱼等，还有我们此番寻找的食人鱼，个儿不大但是集团作战威力巨大。

船沿河而下，河道开始逐渐变窄。有传说说，开着船在亚马孙河上走，会有食人鱼跃出水面来咬人，这也让我们一直都小心翼翼地防备着。

深入亚马孙河两天后，河面渐渐开阔，目光所及，非蓝即绿；天蓝得特透彻，三两白云优哉游哉地飘着；两岸是葱郁的绿，密密麻麻，阳光都照不进去，偶尔几棵树纠缠在一起凸出水面，形成一个河心岛。导游说我们其实还只是在亚马孙区域的边缘地带。

驶入支流，在岸边我们发现了一户河上人家，整栋木头房子都建在水面上，门口有一个漂浮的平台，靠水泊着几艘小船。没准儿他们知道些食人鱼的消息，我建议靠岸去打听打听。

一条小黄狗率先热情地跑过来接我们下船，这里可不经常有客人来访，男主人见到我们很高兴，他叫罗德维尔。他脖子上披着一条两米多长的森蚺就过来打招呼，那大蟒蛇把所有人都吓了一跳，我都退了两步不敢往前走了。罗德维尔说这是他的宠物，不会攻击人类的，我才稍微放心，伸手摸了摸，它甚至都懒得扭头看我一眼。嘿，这条森蚺

仙境。

还挺文静。我壮着胆子从罗德维尔手里接过了它，战战兢兢地将蟒蛇盘在脖子上，后脑勺一阵冰凉。说实话，挺刺激，又有点儿害怕。

罗德维尔建议梁红也试试，她连连摆手谢绝。此时女主人抱过来另外一只萌宠，那是一只树懒。梁红一下子来了兴趣，把树懒接到怀里。小家伙也不认生，一爪搭在梁红的肩膀上，一爪“握着”她的手，两腿卡住腰，就开始打哈欠准备睡觉了。梁红像抱着个小孩儿一样抱着它，乐不可支地说：“太可爱了，我一眼就爱上它了。”

这树懒是几年前，罗德维尔在附近的雨林里捡到的，就带回家养着了，给俩闺女当宠物。

我和梁红就这样一个披着条大蟒蛇，一个抱着个小树懒，跟这一家子聊开了。当然，我最想知道的是关于食人鱼的讯息。果然没让人失望，罗德维尔说：“河里涨水的时候，这附近就有很多食人鱼，来这儿的人，大多数都被食人鱼咬过。”说着他伸出自己的手，手上还能看出被咬过的痕迹，但不是很明显。“都是些小食人鱼，没什么大事，不过被咬的时候确实很痛。”

“那你知道在这附近，有食人鱼攻击人类致死的案件吗？”

最刺激的宠物。

罗德维尔摇了摇头："被食人鱼咬死的事情，在这附近还没听说过。除非是有人不慎掉进了河里，而且还在流血，那就必死无疑。"

我告诉他，自己这次来这儿的目的，就是想和食人鱼一块儿游泳。罗德维尔大骇，连连摇头："不可能，这不可能。"

"你们生活在亚马孙丛林里，以捕鱼为生，真的会去猎捕凯门鳄和食人鱼吗？"我又问出了一个一直很好奇的问题。

罗德维尔再次摇头："不，不，我们都不是渔民。我们在丛林里垦荒，种植农作物，偶尔还会去打猎，但是我们不捕鱼。"

"Why？"轮到我诧异了，生活在大自然里的人们，不应该都是靠山吃山、靠水吃水吗？

"在亚马孙做一个渔民，需要莫大的勇气。这里的水域太复杂，太危险，谁都不知道水里面有什么。没有足够的勇气，根本做不到。"罗德维尔说得一本正经，从他的眼里，我看到的不是恐惧，而是敬畏。

与食人鱼共浴

告别罗德维尔一家，把披着的蟒蛇、抱着的树懒还给他们，我们继续往亚马孙腹地挺进。

罗德维尔说食人鱼喜欢在阴凉、有水草的地方活动，我们就避开宽阔的河面，驶入了支流。

亚马孙河分支众多，九转十八弯，水道逐渐狭窄。又开了一天一夜，深入亚马孙腹地，到了一处阴凉、漂满浮萍的水域，我们宕开水草，停了下来。向导说就是这儿了。我们准备钓食人鱼。

一根木棍拴上鱼线，跟鱼钩连接的地方则换成了铁丝——食人鱼进食的时候，能够轻松咬断鱼线。我们用作鱼饵的东西，是鸡肉。

跟平常钓鱼需要安静不同，钓食人鱼需要制造动静吸引它们过来。我把鱼钩扔下去，让向导放音乐，梁红就开始拿根木棍在旁边扑棱水花。

试了一下，只钓起来几根水草。向导说，食人鱼得下午三点钟以后钓，现在这个点儿它们还在睡觉。

等了几个小时，我们再次下饵。没让我们等太久，鱼线往下一沉，有东西上钩了。一条红色肚子的鱼被我拽出了水面，没错，是红腹食人鱼。食人鱼分四种，红腹食人鱼是其中最具攻击性的。

这条鱼小孩巴掌大小，性子挺烈，都在钩上了，还挣扎个不停，体力相当充沛。戴上防割手套，我捏起那条食人鱼。此刻它张着嘴巴，露出锋利的牙齿，桀骜地看着我。

“嘿，小样儿，你再凶，在水里怕你在岸上我可就不怕你了。”我将一把老虎钳放到食人鱼嘴前，它“咔咔”张嘴就咬，甚至在钳子纯金属的表面都留下了划痕。我又放了一个河螺过去，坚硬的壳生生被它咬豁了。向导说亚马孙丛林里有些部落，因为没有剪刀，剪头发时就是用食人鱼的牙齿。疯狂的理发师。

想象一下，如此锋利的牙齿，有力的下颚，真的可以非常轻松地在人身上撕扯下一块肉。

对喜欢钓鱼的人来说，钓食人鱼可能是最快的，它们对食物太饥渴了，我每一次抛竿，马上提起，就会有鱼儿上钩,每一竿都不落空。在这儿“唰唰唰”挥几个小时竿儿，我就可以满载一船食人鱼回市集卖了。

资料上说，人或动物在落水的时候，因为紧张会分泌出一些东西，可能是气味，也可能是生物电波，这些分泌的东西就会吸引食人鱼过来攻击落水者。那么如果在不紧

在亚马孙混，凭的就是一口好牙。

张的前提下，食人鱼会不会攻击人呢？

我决定跳进水里去试试。

“你疯了吧老张？”所有人都在劝我，向导都傻掉了：这次怎么摊上这么疯的一个客户？但是当时我的这种想法实在太强烈，必须要下去试一试。

不顾阻拦，一口深呼吸，我纵身跳进了亚马孙河里。

食人鱼是群居动物，从刚才钓鱼情况看，我所在的这片水域里必定会有大量食人鱼。在水里我努力控制着自己的心态，不让自己有紧张和害怕的情绪。我本以为，我这么庞大的身躯跳进水里，动静要多大有多大，足以吸引鱼群了。然而我在水里待了一分多钟，并没有食人鱼前来攻击我。周围出奇地安静，船上的所有人都屏神凝息，紧张地看着水里的我，随时准备救援。这种安静实在是太诡异了，让一直在水里极力控制情绪的我，有些紧张了。我不敢多待了，且不说食人鱼突然一拥而上什么的，就是水里突然冒出来一头凯门鳄、一条巨蟒或巨骨舌鱼，我也消受不了。

湿漉漉地爬上船，我还心有余悸地瞅了瞅身后，看有没有舍身追击的。在水里时我不害怕，上了船却开始有些后怕了。如果真被一群饿疯了的食人鱼攻击，我这 270 可能就只剩下 170，快速减肥法。不过这个试验也可以证明，

令人窒息的安静。

食人鱼并不会攻击有准备的人。或者还有一种可能：这会儿它们并不饿。

仿佛食人鱼不咬我我难受似的，我不甘心，决定再做一个试验。

回到丛林边缘的一个村落，我找人在河边挖了一个水池，再请当地的渔民帮我抓了一些食人鱼回来，然后把这些食人鱼扔在里面不给喂食，我准备等它们极度饥饿的时候，再进入水池看看它们会不会攻击我。

四十多个小时之后，我准备开始试验。

到水池边一看，里面有一条鱼受伤了，伤口特别触目惊心——它的后背被咬掉了一大块，鳞、鳍、肉全被咬掉了，显然是它的同伴干的。这让人有点儿发怵，这些小家伙饿疯了真连自己的小伙伴也咬。

先扔了块牛肉进去，只见鱼群蜂拥而上，一番撕扯，瞬间牛肉就被蚕食殆尽。说实话这回我有些紧张，因为这几天在亚马孙丛林里，难免被一些虫子咬伤，我的腿上结了血痂，这可能会让食人鱼狂性大发。我一直以来都是个极端的人，这次既然来了，我还是决定要壮胆一试，不管怎么说这也是在岸上，万一它们真攻击我逃也来得及。卷起裤管，深呼吸，确定自己不会因为紧张而散发出那些分

饿疯了的鱼群。

泌物和生物电波之后，我下水了。

一分钟，两分钟……说实话这期间我都紧张了无数回，毕竟此刻跟我待在一块儿的，是一群饿了两天的家伙，那些什么生物电波啊分泌物啊，该有的我估计都释放出来了。但是我在池子里待了20分钟，依然没有食人鱼来攻击我，只是在我腿间恶狠狠地游来游去；相反的，每当我主动靠近它们的时候，它们都纷纷躲避、跑开。

我开始主动地挑衅它们，手脚并用，相当的 No Zuo No Die，但是它们依然不上当，只躲不上。

看来食人鱼真的不会主动攻击人类。在我看到的那条三十多人被食人鱼吃掉的新闻中，也无从考证这些人是活着还在挣扎的时候被食人鱼吃掉的，还是在水底溺亡之后才被吃掉的。

从生活在亚马孙河流域的居民们的亲身体验来看，食人鱼的确会攻击人类，有不少孩子被咬掉过手指、脚趾；而我的这次亲身活体试验，却发现它们完全没有要攻击我的意思。难道食人鱼对“东方食物”不感兴趣?

这群亚马孙河里的杀手，愈发神秘了。

我们又探访了一户亚马孙河边的人家，那是一栋浮屋，屋主是一位六十多岁的老奶奶。

“这附近有食人鱼吗？食人鱼会咬人吗？”

他们都给了我肯定答案。平时他们捕鱼的时候，也经常会逮到红腹食人鱼，而且老奶奶的儿子就被咬过，腿上的一块疤痕非常醒目。老奶奶说自己十二岁的时候也受到过食人鱼的攻击，左手被咬了，现在几十年过去了，她手上的疤痕依然还在。

老奶奶说她家里还养了一些家禽，鸡鸭鹅什么的，这些动物去河边喝水时，有的也会被食人鱼拖进水里吃掉。

这时候最触目惊心的一幕出现了：老奶奶的小孙子走了过来，伸出脚，左脚的第四个脚趾明显短了一大截，毫无疑问，是河里的食人鱼干的。

这孩子是在家门口游泳时被咬的，他爬上来的时候满脚都是血，那根脚趾上本应长指甲的部分，连骨头带肉，都没了。孩子那时候小，吓得一直哭，奶奶还安慰他，说他那截脚趾以后还会长出来。但是显然，那截进了食人鱼肚子的脚趾，再也长不回来了。

南半球赤道边的气温真的很热，所以尽管有食人鱼，他们还是经常会下河游泳。是怎么游的呢？悄悄地下水，打个转儿就爬上来，再下去，很快再上来，如此重复。在亚马孙河里想好好地、安全地游个泳，太奢侈。

奶奶还说，曾经有一个外面的游客来到这里钓食人鱼，为了展示自己的成功，就想亲吻钓上来的食人鱼拍照留念。结果食人鱼一口咬掉了他的半截嘴唇和舌头，鲜血淋漓。

种种惨案，画面感特别强。食人鱼肯定会攻击人类，毫无疑问。但是老奶奶也给了我一个肯定的事实：还没有食人鱼攻击人致死的事情发生。

神秘的亚马孙，神秘的食人鱼，我们愈发迷糊了。

传说中的食人族

和食人鱼过完招，我们从水上转战陆地，继续深入亚马孙丛林。接下来我们要寻找的，是传说中的食人族。

在亚马孙丛林深处，依然生活着众多的原始部落，很早就听说其中有一支雅诺马马人，被称为食人族。他们现在过着怎样的生活？他们还吃人吗？

我们通过累西腓的印第安协会，找到了一个熟悉食人族的专业向导，然后配了两个翻译：中文翻葡萄牙语，再翻土著的俚南语。

驱车深入丛林，道路泥泞，非常难走，颠簸中随时有

翻车的危险。开了四个小时，我们再次弃车上船。向导说，接下来将是接近二十个小时的亚马孙河漂流之旅。

到了半夜，周围漆黑，白天一行人还在兴奋地讨论着河里的食人鱼、鳄鱼、巨蟒，这会儿都转化成了忐忑，每个人心里都在嘀咕：真遇到食人族了，他们会不会吃掉我们？是生吃还是火烤？

再次上岸的时候，已经是第二天晚上十点多。向导说，再步行几分钟，就将抵达雅诺马马人的部落了。丛林里一片漆黑，所有人都没了方向，只能靠着南十字星和北斗星来寻找东南西北。

愈接近愈紧张，在我们还心有担忧的时候，几间茅草屋已出现在眼前，土著们也都聚在屋前的空地上，等着迎接我们。仿佛早有探子来报，将有“食物”上门。

眼前的雅诺马马人，和我想象中的原始部落有些不一样。虽然他们的房子以及服饰还很原始，所有人都光着上身，包括女人，孩子们则是全裸，但是他们有人穿着城市人穿的大裤衩，商标都在，茅屋里还亮着电灯，甚至有的人还揣着手机！

人们依次走上前，和我们一一拥抱，算是一个简短的欢迎仪式。架不住几十个小时的舟车劳顿，我们开始搭帐篷，安营扎寨。虽然疲惫，但是睡得不踏实，毕竟我们周围的人，是食人族！但这个食人族如此地“现代化”，也让我们很困惑。

半夜三点，我们被阵阵歌声吵醒。头探出帐篷，竟发现外边篝火旁，部落里的女人们正在一起载歌载舞。我们有点儿没搞清楚状况，大半夜的这是演的哪一出？挺吓人的，这是他们吃我们之前的准备仪式吗？

忐忑中，女人们的歌舞没有要停的意思，一直持续到晨曦初露。安然睡醒的向导说，她们并不是要吃我们，而是村子里来客人了，她们觉得高兴，所以歌舞相庆。就这么简单。

朝阳升起，部落里的人开始化妆。红色的水果汁、黑色的木炭，就是他们的化妆品。我们一行人也被热情的雅诺马马人拉着去化了一番。

接下来是一场更宏大的欢迎仪式。

部落里的每一个人都来了，男女老少，聚集在村子中央的空地上，围成一个圈，走着、跳着、唱着。他们向我们致意，顺手也把我们拉进了跳舞的队伍里。仿佛一夜间，我们就融入了他们。雅诺马马人非常热情，对我们没有任何的敌意和生疏感。

因为天然，所以纯净。

歌罢舞休，有人搬了一个木桶到空地中间，里面盛着一种白色的液体，一个人舀了一碗递给我，又给其他人每人一碗。来之前我们做过功课，这是雅诺马马人独有的自制饮料：口水饮料，由全村女人的口水制作而成。他们用河水把自种的木薯煮熟，捏碎之后，村里的女人们将其放到嘴里面嚼，嚼碎之后再吐回木桶里，让它利用嘴里的酶来发酵。储存一段时间之后，桶里的东西就会变酸，有气泡冒出来，这饮料就可以喝了。

为什么会有这么奇葩的饮料？神秘幽深的亚马孙雨林里，河流里满是病菌、小虫子，很难找到干净的饮用水。桶里的原料经口水发酵后，能杀死水里的病菌——看上去最原始的食人族，也有着最不一般的生存智慧。

如果不知道它的制作原理还好，现在真端着口水饮料还真有点儿犯怵。但是不喝确实对这些热情的土著们不礼貌，我们只得仰头一饮而尽，然后竖起大拇指纷纷赞叹：好喝！

部落一日游。这个村子虽然依然保持着原始部落的风貌，但确实不那么原始了。村子里有人拿着手机，卡片相机，首领还戴着一块电子表。更让我吃惊的，是村子里还有一台电视，并配备了一个“信号锅”。他们能够通过电视，了解到外面的世界。他们知道自己并不是生活在被遗忘的世界，他们有一个叫作累西腓的城市，还有一个叫作巴西的祖国。甚至他们也通过电视看世界杯，并会为巴西的失利而流泪。

简单来说，这是一个还保留着原始风貌的原始部落，但是也已经渐渐被现代社会文明所同化。

终于，我们还是问起了关于雅诺马马人“吃人”的习俗。他们并不忌讳，说以前他们把敌人俘获或者杀死以后，会吃他们的尸体。这个传统他们保留了下来，但是现在不吃活人了，吃死人。这样的说法依然让我们很惊骇。这些死人也不再是敌人了，而是自己的亲人——在亲人去世之后，吃他们的骨灰。

见我们一脸吃惊，雅诺马马人给我们再现了一次他们“吃人”的过程。有人拿出一包粉末，男人们上去蘸一小撮，用鼻子吸进去，那是致幻剂。然后人们开始跳着舞，念叨着一些话。而后一个人拿过来一个篮子，里面有一个水果，他们用木棍把水果砸开，然后埋到地里，并在上面生火。

这个过程中，并没有出现骨灰。原来，曾经他们会吃掉那个篮子里的东西——骨灰，但是他们现在换成水果了。这是一个离城市比较近的部落，他们已经不再吃人、吃骨灰了，但是祖先遗传下来的传统不能丢，所以他们想出了这么一个办法，用水果替代。

在村子里，我们发现了一位非常漂亮的小姑娘，跟其他孩子玩耍的时候，她笑得很开心，但似乎小伙伴们总有点儿疏远她。听村里面的人说，她是一位混血儿。十几年前，一支白人探险队来到了这里，其中一个白人和村子里的一位印第安姑娘发生了关系，随后探险队就走了。没多久那位印第安姑娘怀孕了，生下了这个小姑娘。

在土著部落里，是很讲究血统纯正的。所以这个小姑娘在村子里颇受歧视，显得那么的孤独。

我们这次来得很巧，赶上了雅诺马马人的“人民代表大会”，我们这些“外宾”也受邀参加。

酋长非常郑重地指了指我们每一个人，感谢我们的到来，感谢我们带来的刀和烟草、日用品等工具、物资。接下来“会议”正式开始。由酋长率先发言，“代表们”轮流跟进，述说他们的需求，需要得到哪些帮助。那场景挺奇特，女人们裸着上身上台说着部落大事，男人们挎着弓箭、披着兽皮诚恳地诉说各种需求……

他们希望能在这儿建立学校，让孩子们接受教育；希望学习、了解外面的现代文明。“会议”末了不忘如此总结：

当文明遇到传统。

学习更多的知识，才能更好地保护自己的领地。

我们还有幸见识了一下他们的训练课。这是一节箭术课。孩子们集中到村里的广场上，每个人都背着近两米长的弓和箭。老师在正中立起一个木桩子，上头摆一个木饼做靶子，让孩子们练习射箭。

操场的一角，还有足球场。除了没有草皮，球门球网足球一应俱全，孩子们光着脚在那里奔跑着，追逐着。

这就是曾经的“食人族”雅诺马马人的部落，不是我们想象中的样子。他们已经被现代社会浸染，被文明渗透。他们保留下的传统已经不多了，我不知道文明在这里算是融入还是入侵。

滞留了两天，我们决定继续往亚马孙丛林深处走，去寻找保留着原始风貌的食人族。

雅诺马马人部落

后面的水路很危险，水流湍急，乱石林立，随时都有翻船的可能。

越过激流，翻过山丘，从雅诺马马部落送我们过来的一个“临时向导”开始换装，系上红布条，往身上涂彩料，接着开始捂着嘴长啸；远处的山林里，阵阵长啸在回应着。这是他们的暗号。

这是另外一个雅诺马马人部落，此前还从未有外人进来过。

一场更盛大更原始的欢迎仪式在等待着我们，男人们在边上敲锣打鼓，女人们在中间欢快地载歌载舞。无一例外，所有人上身都裸着——必须打马赛克了。每个人脸上、身上都有涂彩，我们一走进圈子，几个人就涌上来，开始往我们脸上抹颜料。面对这种热情，我们也只能哈哈地接受着蹂躏。

几个半裸着的年轻女孩跑过来问梁红，谁是她老公。梁红指着我说这个胖子是。那几个女孩儿马上奔向我们年轻的翻译子冠——他是在巴西留学学习葡萄牙语的中国人——三下两下剥光了他的上衣，往他身上抹着——或者说是趁乱摸着。那画面太香艳让人不忍直视。姑娘们还争先恐后地向他表示，自己还没结婚，接着就拥着他往小河边跑，一块儿去洗澡。小伙儿当时都蒙了，这些姑娘们太狂野、太奔放了。

这一天就像是个狂欢节，我们被拉着跟所有人一起又

狂野奔放的雅诺马马人。

唱又跳，累得都虚脱了。这个部落跟前一个有着本质的区别，这里的一切都是原始的，找不到任何外来文明的痕迹。

黎明的安静被几声号角打破，女人们生火做饭，男人们要出门去围猎了。这种场面我怎么能错过，翻身下了吊床跟着卡莱卡出发了。卡莱卡是我们昨晚寄宿那家的主人，一个年轻小伙。

看见一棵十几米高光溜溜的树，卡莱卡“噌噌”几下就爬了上去，摘下一串类似葡萄的水果下来，递给我和梁红，另外一个小孩砍了一根水藤也送给了我们。“野葡萄”加水藤，这就是我们夫妻俩今儿早上的丛林套餐。

卡莱卡在丛林里就像一只灵猫，光着脚飞快地穿梭着，我们几个怎么也跟不上，卡莱卡数次停下来等我们，结果没跟上围捕野猪和猴子的大部队。无奈他只好射了几只鸟，然后摘了些水果，就带着我们先回部落。

留守部落的女人们也没闲着，她们在周围挖木薯——雅诺马马人赖以生存的主食，果肉磨成粉晾干，做成饼；汁液集中在一起，做口水饮料。

所有人都在忙活，我们也不能闲着，于是开始帮他们修理一些推车之类的工具。突然孩子们“哇哇”叫了起来，村外来了一群野猪！

正赶上出去围猎的男人们也回来了，所有人立即行动。男人们拿着弓箭开始找位置设埋伏；孩子们过去又蹦又跳又喊，赶野猪们进埋伏圈；女人们则开始收拾东西，准备盛放猎物了。

卡莱卡分外卖力，早上跟我们出去因为没赶上大部队，只能打到小鸟，这会儿他似乎是想向我们证明，他其实是一个非常出色的弓箭手。野猪和部落里的男人们在丛林里的速度实在太快，我们根本跟不上他们的脚步，到我追过去的时候，他们已经背着猎物往回走了，我们再次错过了围猎野猪这壮观的一幕。

卡莱卡背着一头野猪，一脸的快活，感觉整个人状态都不一样了。

突然，一只屁股中箭的野猪从一个人身上挣脱了下来，四处野蛮冲撞，大伙儿合力围住，再次将其制服。这次还抓了一个活口，一头特别可爱的小野猪，大人们给它套上绳子，扔给小孩儿当宠物玩了。

这次围捕满载而归，二十五头野猪很快就被扒皮去毛，大卸八块。

有一幕细节，让梁红特别感慨，动了恻隐之心。在宰杀那些大野猪的时候，那只还很顽劣试图咬小孩的小野猪，瞬间就安静了下来，呆呆地站在那儿，看着自己的父辈被人们剖解、开卸。

接下来所有人都去了河边，男人们下河洗澡，而女人们就在岸边清洗野猪肉。野猪的大肠被扔到了河中央，让其漂向下游。卡莱卡说河里的食人鱼爱吃这个，他们所有的食物都是大自然馈赠的，所以他们要分享一些食物给大自然里的其他动物。

天色渐黑，丰收的一天所有人都笑意盈盈。晚上将会迎来一顿野猪大餐，烤猪腿，煎猪排。

这个部落里的每个人都很单纯，对于我们这批外来的客人，他们只有热情没有诉求。终有离别时，我们把发电机、电池和一些生活物资留给了他们，但是又有一些担忧和纠结——我们把这些外面世界的东西留在这里，是否会破坏这个部落的原始面貌？现代文明的产物进入他们的生活，是否会让他们——特别是年轻一辈儿的人们，不安于现状，而开始向往外面的世界，并离开这里？

总而言之，我们留下的东西注定会对雅诺马马人的生活产生一些影响，而我却不知道那些影响是好还是坏。都说予人玫瑰，手有余香，但是走的时候我们心里却始终对这件事有些担忧。最后向导的一番话算是给我们解了惑："从我们的角度来看，你们这么做是对的。因为这个部落其实是渴望与外界接触的。”

当然，除了热情和友谊之外，我在这个雅诺马马人部落还收获了一份特别珍贵的礼物。临走前，我把自己的一件“倡行文化衫”送给了部落的萨满——酋长（当时我就觉得哪里不对劲儿，后来我才反应过来：天呐，我送了一件衣服给一个不穿衣服的部落的酋长！），不料萨满竟然摘下了自己头上象征酋长地位的王冠，戴到了我的头上。

要知道，它不仅仅是由稀有的金刚鹦鹉的羽毛编制而成的，而且还代表这个部落的荣耀和尊敬。

与此同时，另外一个插着金刚鹦鹉羽毛的花环，也被戴在了梁红的头上。热情的雅诺马马人把我俩围在中间，用他们独有的饱含热情的舞蹈和歌声，依依不舍地与我们道别。

送一件衣服给不穿衣服的酋长!

疯狂成人礼

钓过了食人鱼，闯荡了“食人族”，在亚马孙丛林里，还剩下一场我期待的硬仗，等着我去挑战。那就是去探访“子弹蚁部落”，迎接这次亚马孙蜜月探险之旅的终极挑战。

在赴巴西之前做功课的时候，我得知丛林深处藏着一个很奇怪的部落，部落里的每个男性，必须要经过一场被子弹蚁尾刺针蜇的成人礼，才能留在部落里，否则就会被驱逐出村子。

看上去很奇怪的仪式，其实自有道理。雨林里生存不易，只有经受住最痛苦的考验，部落才会承认你拥有坚韧与勇气，你也才能被认为是一名顶天立地、肩负责任、能带领大家在雨林生存的真正男子汉。

子弹蚁是世界上最大的蚂蚁，也是蜇人最痛的蚂蚁。它到底有多厉害？蚁如其名，被蜇仿佛中枪般。据说除了部落里最爷们儿的勇士，没有人能经受得了这种考验。我这人最大的毛病，或者说爱好，就是去尝试人所不能。哪怕这是场自虐，我也要毫不退缩去迎接挑战。而且，只有经过最深入的体验，才能被部落真正地接纳。

这个部落不难找，倒是第一眼看见酋长，就让我印象

挺深刻。酋长是个胖子,得知我们的来意之后,一脸的蔑视,乜斜着眼睛撇着嘴,脸上似乎写着:胖子你吹牛吧。

部落里有人告诉我,此前有两个老外来挑战过子弹蚁,结果瞬间就崩溃了,失声大哭大叫。

被蚂蚁咬到底能痛到什么地步?能够把人咬哭?我更好奇了,决心非尝试不可。我觉得自己是个特别能忍受疼痛的人,当年车祸腿折了做手术,护士没打麻药我都咬牙挺过来了,难道还怕几只蚂蚁不成?

酋长一脸不屑地说,他们不是随便就让人挑战子弹蚁的,刚好今天赶上他儿子的成人礼,可以让我一起挑战一下。那语气里全是轻蔑。

第一步是去捕蚂蚁。原来部落里没有蚂蚁,需要先坐船,然后徒步去很远的地方寻找子弹蚁的巢穴。我们跟着部落里的几个男人,小心翼翼地在丛林里寻找着。在亚马孙,最危险的不是那些看得见的大动物,而是那些看不见的昆虫,一不小心就致命。

终于找到了一个蚁窝,这蚂蚁的个儿就吓了我一跳,差不多有常见的大黑蚁三个那么大,梁红看着当场脸就暗了下去,她说一见着这些蚂蚁浑身鸡皮疙瘩就起来了。

土著朋友们捕蚁的方式也很特殊,用一根小棍靠近,引蚂蚁爬上去，然后迅速把小棍放到竹筒里，转动棍子。全程没有人敢用手去触碰蚂蚁。他们说，平时他们遇到子弹蚁都会避开，这辈子也就在举行成人礼的那天才会和它“亲密接触”。

子弹蚁有了，接下来一步，就是麻醉它们。土著们把腰果树的树叶撕碎，放到盆子里，倒上水，然后把子弹蚁倒进去，搅拌。这种叶子能够麻醉子弹蚁，不一会儿，蚂蚁们就都“醉了”。

然后，几个藤条编制的手套被拿了出来，有人捞起睡着的蚂蚁，一个一个地别到手套上，脑袋朝外，尾刺往里，外面再别一个竹罩。手套上的蚂蚁密密麻麻，有密集恐惧症的人，估计看到这个手套就已经晕倒了。

尽管早已有些心理准备，但是看到这儿我还是有点儿愣，原来不是被一只蚂蚁蜇，而是要被一百多只蜇。被一只蜇一下像中弹，被一百多只蜇，那还不得被扫射得千疮百孔了。我心里不禁有点儿发怵了。

酋长的儿子是今天的主角，才 11 岁，在他的脸上我能看到畏惧，但也透着坚毅。在这个部落里，子弹蚁这一关是每个男人必经的关卡，危险而神圣。

我和酋长的儿子手上被分别涂上了一层黑色的东西，

看到这么多子弹蚁，我也是“醉了”。

说是能防止被蜇之后手肿胀起来。接着，我俩就被带进了“神堂”——其实就是一间小茅屋，里面摆着各种动物的头骨、骨架，还有巨蟒蜕下来的皮。在这里将举行一个仪式。

酋长拿着一个炉子，里面生着火，他撒进去一些粉末，炉子里开始冒烟。酋长拿起我俩的手，让烟熏一圈，然后嘴里念念有词，像咒语般，让人更心慌了。这些莫名的仪式，就是各种烘托气氛，让人感觉很不好。我再豪情万丈，被这么一番折腾下来，都有点儿气短了，脑袋上冷汗直冒。

直到这个时候，酋长还在一直劝说我，让我放弃挑战，一副“胖子不想为难胖子”的姿态，哥是为了你好。

接下来，我们被带到另一间屋子——“礼堂”。部落里的人都来了，盛装打扮。别着子弹蚁的手套，就挂在屋子的中间。酋长对我说：“你想清楚了吗？你现在放弃还来得及，手套一旦从那上面取下来，你就必须戴上，而且不准流泪，否则就是失败。”

我摇了摇头，虽然此时心里已经有点儿发虚了，但他愈是这样，我就愈是要坚持。

酋长的儿子一脸坚毅地走上前，取下了手套。一个司仪给他戴上。我目不转睛地盯着他的脸看。这孩子抽搐了一下，马上咬着牙，尽量让自己镇定下来。他紧紧地咬着嘴唇，还不停地跺脚，以减轻疼痛。

这个手套不是戴上后很快就可以摘下来的，而是要等到子弹蚁释放完毒素。蚂蚁不像蜜蜂，只能蜇人一次，一只子弹蚁可以重复十数次蜇人。

酋长挽起了自己的儿子，所有人都围了上来，手挽着手，开始唱歌、跳舞。孩子依然戴着手套，在人群中他在咬牙坚持着，不停地跺着脚。

大约过了十几分钟，手套被取了下来。让我们没想到的是，手套取下之后，小男孩脸上的表情却更加痛苦了。原来子弹蚁的毒素还留在他的体内，这会儿向全身扩散了。他开始有点儿颤颤巍巍了。但是小男孩表现得特别坚强，没有流泪，也没有喊叫。

酋长拉过儿子，高举起他的双手，人们开始鼓掌、欢呼，然后开始又一轮的载歌载舞，庆祝这个孩子成人礼挑战成功。从今天开始，他就是部落里的又一个男子汉、一个勇士了。

一个勇士的诞生。

英雄难过蚂蚁关

那段舞蹈我觉得特别的漫长，舞蹈结束后就要轮到我了。对于现在的我来说，每一分钟的等待都是煎熬，还不如让痛苦来得更猛烈一些。闭上眼睛一咬牙，早死早超生，就当是补上我的成人礼了。

梁红已经紧张得整个脸都拧巴了，看看手套、看看那个小孩，再看看我，眼里全是担忧。

终于，歌歇舞停。酋长走到我面前，说："再给你最后一次机会，你还可以选择放弃。"我抿着嘴，摇了摇头。酋长说："你将体会到你人生中最大的痛苦。"

我上前取下手套，往里看了看，蚁头攒动，个个一副跃跃欲试的模样。我把目光转向了一边，心里确实没底。酋长亲自给我戴上手套，却发现我的手比手套还大，塞不进去。我得卷着手掌，才勉强挤进去。这一下让我觉得这事儿玄乎了——我的挑战要比那个孩子严峻许多，那孩子说他被蜇过三四次，我这是 360° 无死角和子弹蚁亲密接触了。

手伸进去那一刻，一股钻心的刺痛让我浑身一哆嗦，痉挛般，我差点儿没叫出来。太痛了，手像被钉板扎，被

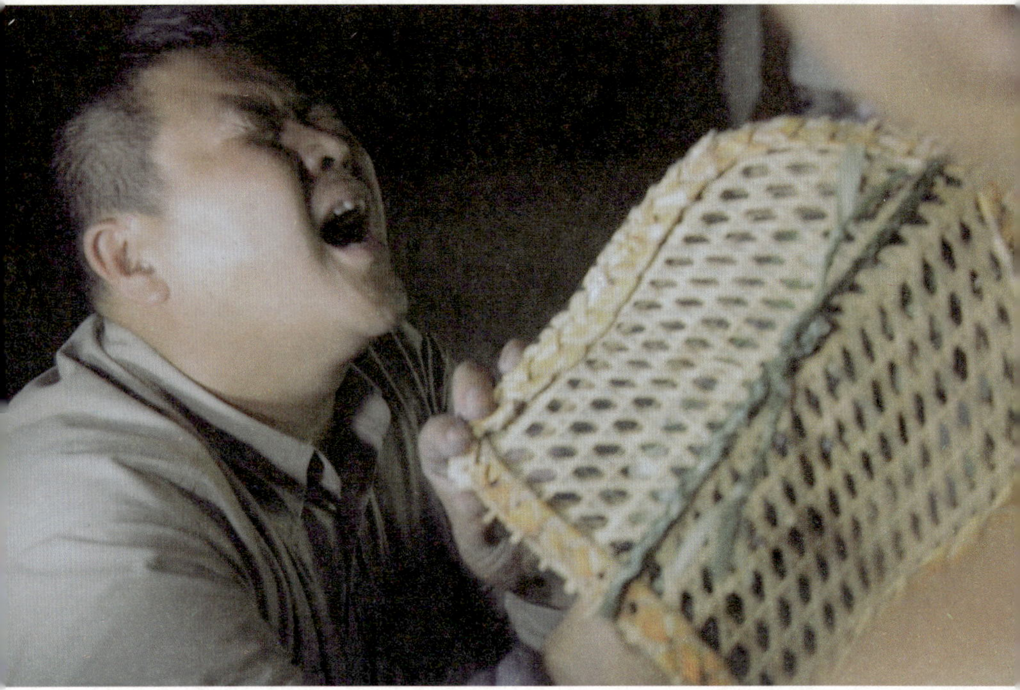

疼痛袭来，不能哭，不能喊，不能摘！

开水烫，伸进炭火里、油锅里……这些词实在无法形容我此刻同时被上百只子弹蚁蜇时的疼痛，不仅仅只是手疼，那种痛感像电流般，随着神经末梢，瞬间流遍全身，直通心脏。

酋长那句话没错，我体会到了这辈子最大的痛苦。浑身一万三千六百个毛孔，无一不被剧烈的疼痛填满，每一根寒毛，都疼得耸立起来；手掌已麻木，肌肉在扭曲，血液在沸腾，心脏似电击……不能哭，不能喊，不能摘。万箭穿心，万蛊食肉……在被上百只子弹蚁蜇的时候，这些词儿都显得那么苍白。

我的手被举起，有人牵着我的胳膊在转圈。此时我眼睛看东西已经散焦了，有重影，人形都模糊了。这回真是玩儿大发了，把自己玩儿惨了。两分钟后，酋长示意我可以摘下来了，我已经是这个世界上接受考验时间最长的部落以外的人了。手套被摘下，但是我的手已经毫无感觉了，我此刻还清醒地知道，摘下手套是蜇咬的结束，也是更加剧烈的痛苦的开始。

土著朋友们在为我鼓掌，我却开始渐渐感到意识模糊，子弹蚁的毒素开始在我的身体里扩散了。一阵天旋地转，我晕了过去。那会儿还有点儿残存的意识，不停地告诉自己别醒不过来了，一定要坚持着，我这新婚的媳妇儿还指着我呢。

迷离里，只看到从屋顶缝隙里射进来的阳光，以及梁红脸上的泪水。恍惚间有个老妇人，在我手上和脸上涂抹着什么东西，嘴里依然念念有词。她在我手上涂药时，我就感觉像有一个滚烫的熨斗，在我手上游走。

为这次挑战，我们还专门从累西腓带来了医生，以备不测。我晕倒之后，医生测了我的血压和心跳。血压急升，心跳骤降。医生说必须马上吃药，然后送医院。酋长则建议我挺住，像亚马孙男人一样坚持下去。

我已经不太清醒了，但还是决定坚持下去。不得不承认，这是我长这么大，第一次疼到想哭。让人帮我点了支烟企图缓解一下疼痛，结果抽到嘴里毫无感觉。我感觉整个身体都已经不受大脑控制了，麻木、疼痛交织。我没法体会生孩子分娩的疼痛，但是我感觉这个疼法也应该差不多了。

只有在亲自体会了这种疼痛之后，才能明白，想在亚马孙丛林里成为一个真正的男人，是多么艰难的一件事情。但是一个男人，能有这么一回考验，以后人生中遭遇什么样的苦难、痛苦，应该都不算事儿了。最烈的一碗酒已经

喝过了，人生再也没有迈不过去的坎儿。

突然我一头栽了下去，再次晕倒。这次是深度眩晕，我两眼一黑，什么都不知道了。

后面的事情，是梁红告诉我的。她已然吓得哭到不行了，我躺在凳子上，两眼翻白，舌头吐了出来。为了防止我咬到舌头，他们还塞了根木棍给我咬着。

不知道过了多久，我再次清醒过来，捏了捏自己的脸，毫无知觉。随后就时醒时昏厥，医生说我中毒太深，必须要送医院了。酋长点点头，子弹蚁毒素的疼痛会有三到五个高峰，我已经坚持到最后一个了，完成了挑战，可以送医院。

在我被扶出村子的时候，酋长脸上露出了笑容，向我竖起了大拇指——我还记得刚来的时候说要挑战子弹蚁，他那一脸的轻蔑。末了，酋长对我说："子弹蚁考验的，就是人的意志。你去不去医院都无所谓，但是你敢于挑战，而且还能坚持这么久，你是一个真正的男子汉。"

听见他说这些，我挤出极有成就感的一笑，我做到了。然后就挂着笑脸再次瘫倒下去，不省人事。

再睁开眼睛，满眼亮堂堂的雪白，那是医院的天花板和墙壁，这时候我只有一个感觉——饿，"肉，我要吃肉。"

一直紧张守候在病床边的梁红一下子喜极而泣，抹着眼泪说："老张你吓死我了，你都晕了好几个小时了。"

医生给我输液解毒，无毒一身轻，吃肉肚子饱，我满血复活啦！神清气爽，仿佛被子弹蚁这么一顿蜇，我身上百毒俱灭，顺带着打通了任督二脉，感觉每一次呼吸都备感舒畅，走起路来都轻盈如飞。

我决定再次回到部落里。傲慢酋长再见我已是一脸和蔼的笑容，我问经过了成人礼的考验，我能算这个部落里的人吗？酋长哈哈一笑，说："可以，但是只能算半个，我们都是两个手套一起戴的，左右手一手一个。"

"有很多人来尝试过，你是外来的挑战者里，唯一一个没有哭的。"开完玩笑，酋长再次对我竖起了大拇指。

"但是我晕倒了，还送医院了。"被他一夸我反而不好意思了。

他摇了摇头，说："我看中的不是这个，我们看中的是你的意志。你的身体扛不住了没关系，但是你的意志没有垮。"

部落里流传，被子弹蚁咬过之后，能够百毒不侵还延年益寿。这话还真不是瞎说，部落里那些年过六十的大爷，头上看不到一根白头发。此外我的身体也会更强壮，血液

身体扛不住了没关系，只要意志不垮就是成功。

里有了子弹蚁的气味，以后行走户外，一般虫子、苍蝇、蚊子什么的，不会再骚扰我了。我得换外号了，不叫“270”了，请叫我蚂蚁侠。

这场成人礼，是一场对肉体的挑战，但更是一场对勇气和意志力的挑战。其实从拿下手套将手伸进去的那一刻起，无论最后成败，这个人都算是成功的，这是一次自我超越的过程。

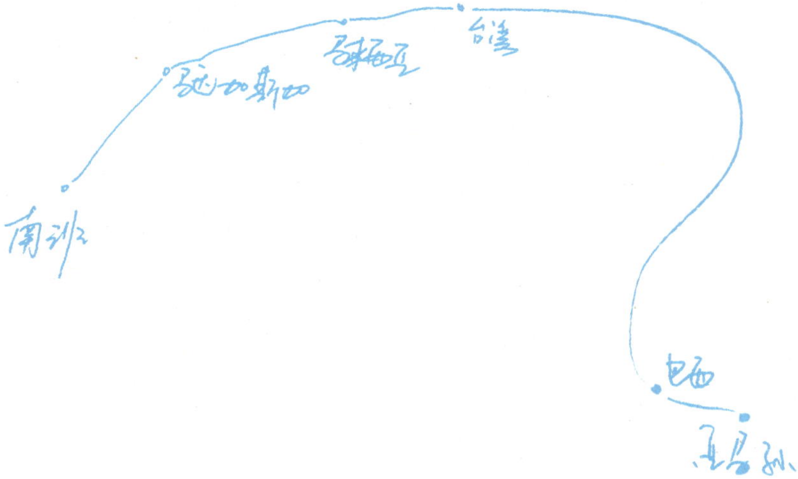

第五章

PART 5

浪漫东南亚

寻找“海上吉卜赛人”

有这么一个民族，他们没有国家，终生都生活在海上，只有在死的时候才会上岸。一如《阿飞正传》里那种没有脚的鸟，一辈子都在飞，死的时候才落地。

这就是巴瑶人，被称为“海上的吉卜赛人”。他们生活在印度尼西亚、菲律宾和马来西亚的公共海域。他们跟着鱼走，徒手在海底捕鱼。

走到东南亚的地界，碧海蓝天，鸟语花香，终于有点儿度蜜月的感觉了。梁红嚷嚷着，要在这儿重新拍一组婚纱照。

“拍，咱们去海上和巴瑶人一起拍。”我应承下来。

找巴瑶人并不容易，他们生活在远离现代文明的地方。我们来到马来西亚边远的沙巴地区，试图打探到一点儿消息。到了那儿我们就都蒙了，这地儿有五十多种语言，找个翻译都不容易。就近找了一个村庄去询问，说我们要找巴瑶人。

老乡说这儿有很多巴瑶，一个小伙子还自告奋勇地要带我们去。跟着他的指点，我们一路往山上开。我感觉有点儿不对劲儿，海上吉卜赛人，什么时候搬山上去了？“没准海鲜吃多了，想换换山货的口味。”梁红打趣道。

山路不好走，坑坑洼洼，还有泥坑，一路颠簸着到山顶，我们并没发现任何有人烟的痕迹。正愣神呢，小伙子跳下车，指着树上就说：“看，那就是巴瑶。”

几只长鼻猴攀在枝头，好奇地看着我们。它们长得很像有个酒糟鼻子的老头儿，一身棕红色的皮毛，鼻头也是红的，看着很带喜感。我好气又好笑，敢情巴瑶族不只有人，还有猴子。梁红倒是看得津津有味，说这个误会也挺好的，她一直就想看看长鼻猴。说着还上前去逗那些年幼的猴子。

回到山下再一打听，原来在他们这儿，巴瑶就是指长鼻猴，我们要找的海上民族，他们称之为巴焦人。要找他们，当然得去海边找啦。

驱车再往海滩赶，等待我们的依然是一片空旷的海滩。寻隐者不遇，倒是偶遇了一方风景旖旎的黄金海岸。蓝天、白云、黄沙、碧海，一望无际，凉风习习，微浪袭脚，着实很惬意。

抛了车，租了艘小艇，我们决定出海去找。有渔民说马布岛旁边的一些无名岛屿上，可能就生活着巴瑶人。这里的海蓝得不可思议，与天空交相辉映，一副要决出谁更透彻的架势。我们的小艇划破碧浪，像碾在玻璃镜面上一样。

远远地我发现了一艘小舟，香蕉船，一个老头儿优哉游哉地放着网。那就是巴瑶人，我十分确定。让向导临时教了我几句打招呼的巴瑶语，小艇靠过去跟老头儿打招呼。他指了指前方的一个小岛，说他们就住在那儿。

终于找到了，远远就看见岛边高低错落，林立着许多的高脚屋：一些木桩子扎进海里，在上面建房子。然后高脚屋通过一些木板桥，和岸上相连。这些巴瑶人，已经不再像传说里的那样，终生生活在海里，到死的时候才会上岸埋葬了。

来到一户巴瑶人的家里，独木桥上，晾满了各种衣服，迎风招展。小小的一间高脚屋里挤满了人，男主人叫巴莱卡，家里还有老人和孩子，以及他的兄弟——到底有几个孩子我无法确定，因为一扭头就发现各个旮旯里都有一个小脸蛋，睁着大眼睛怯生生地看着我们。

巴莱卡家里没有家具和凳子，只有吊床，所有人都坐在地板上——一块一块的木板钉起来，拼接在一起，缝隙非常宽，手掌能伸进去。屋子其实就是一个巨大的筛子，低头往下看，直接可以看到海水。人们吃喝拉撒都可以就地解决；洗漱出门在海里舀水，大小便随便哪个地方进行，会直接进入海里。

弃船登岸的巴瑶人。

我问巴莱卡，他们现在依岛定居，还会天天下海吗？巴莱卡摇头，说他们只有在需要找食物的时候，才会下海。刚好这天，巴莱卡要出海了，我们跟了过去。

出海前，巴莱卡在船上摆弄一个压缩机。我有点儿摸不着头脑，那艘船是个木头船，根本用不上压缩机。巴莱卡说压缩机是潜水用的——有点儿高端，跟我想象中的巴瑶人裸潜，然后赤手捕鱼有点儿出入。我仔细瞧了瞧，这个压缩机应该是从废弃的汽车或者空调上拆下来的，锈迹斑斑，但是还能使。巴莱卡用的燃料，也不是常见的汽油，而是食用油——汽油太贵了，而食用油他们用捕捞到的鱼就可以换到。

看到巴莱卡固定压缩机和呼吸管的时候，我惊呆了——他只是用钓鱼线缠绕起来，而一般这应该是用专门的固定圈的，条件差一点的也会用铁丝。用钓鱼线的固定效果确实非常不好，如果压缩机错位或者皮管打滑，水下的人就会瞬间断氧，命丧海底。

面对我的质疑，巴莱卡笑着摇摇头，他们一直就是用这种方式潜水，到二十几米没问题。当然，每年也有很多巴瑶人因此而丧生，但是对于物质匮乏的他们来说，根本就没有选择，而且已经习惯了。

比起安全，生存更加重要。

曾经他们一直是徒手潜水的，不带任何设备，单纯地靠肺部憋气，下去一两分钟就得浮出水面换气，再扎下去，如此重复。那样潜水的效率很低，而他们需要捕捞更多的鱼，才能够让全家人填饱肚子，然后去换取更多的生活用品。现在有了压缩机，虽然并不安全，但是他可以一次在海底待上十来分钟。

船开到深海区，巴莱卡套上脚蹼，戴上一个潜水镜，嘴里含着气管，一手鱼梭一手网兜，就跳进了海里。十几分钟之后，巴莱卡气喘吁吁地上来了，网兜里多了几条海鱼、海星和贝类。他爬上船就瘫坐在船舱里，看得出来他很累，潜这一趟非常地耗体力。

我决定亲自去尝试一下，感受感受这种潜水方式。当然作为一个新手，在深海区我不敢下，我们就挑了个一米多深的地方。接过巴莱卡的潜水镜和呼吸管，我刚塞进嘴里，一股油味儿蹿进了嘴里，直往肺里和脑门里涌。我马上就拔了出来，开始剧烈地咳嗽。这味儿，真受不了。

做过那么多次的极限挑战，我从来没认过㞞，这次我真㞞了。打个比方，就像是把一锅油烧开，油会冒烟，然后把这些烟收集起来，混着空气导进人的肺里——毫无疑问，这是自残。这也是现代文明和古老的巴瑶人生活方式结合之后，诞生的一个变态的产物。

我想了个招，气管里的气体进到我嘴里的时候，我并不马上就吸进肺里，先放嘴里储存着，然后慢慢地一点儿一点儿地往肺部沁。依然很难受，但是没有先前那么难忍。我一头扎进水里，在水底匍匐了几米，就钻了出来。

水有点儿浅，时间有点儿短，无论如何，我还是做到了。回到新鲜的空气里，我大口大口地呼吸、咳嗽，脑袋像要爆炸一样，整个人都有点儿眩晕的状态了。嘴巴里、脑袋里，全是生油的味道。

在大海中求生存，不是只有浪漫与美丽，更多的，就是这样生涩且危险的味道。

大海的孩子

带着满嘴的油腥味儿，告别了巴莱卡一家，我们继续往深海前进，试图找到最原生态的巴瑶人。

走了没多远，又一个巴瑶人的高脚屋群落出现在海上，它们孤零零地立在海上，像奇形怪状的蘑菇；甚至有些支撑屋子的木棍已经倾斜了，高脚屋也像比萨斜塔一样在海面立着。

远远地看着海面上的这些高脚屋，确实很有意境，碧海蓝天，海面上若干小屋子，小船在里面穿梭徜徉，很有度假村的感觉。但是靠近了之后，看到的却是贫穷破败。七扭八歪的木棍支撑着一户户家庭，开裂的木板堆砌起来的墙面，屋顶是茅草和芭蕉叶，遇上下雨天就是外面下大雨屋里下小雨。房上晾着鱼干和打满补丁的衣服，很多孩子甚至是没有衣服的。

感觉所有的房子都摇摇欲坠，我们的小艇驶进村落的时候甚至都不敢开发动机，生怕激起的浪花把他们的家给摧倒。

我们特别想去他们的屋子里看一看，但是只有梁红能如愿。原因？因为我是“270”，是个大胖子，我上去屋子局部受力顶不住，肯定得塌。

梁红爬上去一趟更像是探险，从船里上到屋子有一个梯子，一脚踏上去，一根横木直接脱落了，差点儿掉到水里。最后只能双手攀着立着的那根，小心翼翼地踩着节点往上爬。上去了刚松一口气，一低头又吓一跳，脚下的地板比巴莱卡他们那儿疏多了，踩歪了就是一脚踏空摔进去。

小小的屋子里依然人口众多，十几平方米的空间里，

海上“度假村”。

住在仙境中的贫民。

住着七个人。坐在里面低头往下看，水草在海底随着波浪摇曳，小鱼儿自由自在地来回穿梭，还有五颜六色的海星。抛开物质生活的匮乏，这样的场景确实很让人心动。但实际的情况是，他们非常地穷，依海而生，靠天吃饭。不只是男人，有些女人们每天也要下海，去捕鱼打捞，供一家人糊口。

雨季要来了，这户人家的墙壁和屋顶上，都破了好几个很大的窟窿，男主人要去附近的岛上采摘树叶来修补它们。海洋是他们的家，海洋也在时时刻刻地考验着他们的生活。

跟着男主人去了一座岛上，那里生长着茂密的芭蕉树林。光秃秃的树干，他背着砍刀，灵猴般三下五除二就爬上去了，“噼里啪啦”一顿砍，几片硕大的树叶掉了下来。他下了树就地加工，小船容量有限，多余的枝叶需要除掉。他非常熟练地编着树叶，很快一把大蒲扇——准确地说是一面墙就编好了。这会儿他的小女儿也完成了任务，拎着一壶淡水拖着拾来的柴，过来跟爸爸会合。

其实这座岛屿现在已经被私有化了，但是巴瑶人并不知道，需要的时候，他们就会来到这座大自然的仓库，寻取自己需要的物资。

告别他们，我们往大海的深处继续探寻，希望能找到传说中的最原始的巴瑶人：一朝出生，终生航海，至死上岸。

运气不错，让我们遇上了尹吉尔一家。那是一艘相对较大的木头船，里面住着尹吉尔和他的老婆、两个女儿、一个女婿，还有三个孙子，其中一个尚在襁褓里。他们家就是世世代代生活在海上、船里的巴瑶人，不上岸，高脚屋都不上。所有人的整个人生，都在随波逐流漂泊着。

经过允许，我登上了他们的“家”。尹吉尔的老婆在船尾划桨，大女儿在边上洗着衣服；二女儿脸部有过烧伤，这会儿在船舱里哄着小外甥；尹吉尔在船头砍着一块刚从海里捞起来的木板，想做一支新的船桨；他的女婿在朝海里下网，尹吉尔的俩小外孙也没闲着，一个猛子扎进水里，潜到底下把鱼群赶着去撞网。

尹吉尔的女婿下好网，戴上自制的潜水镜，拿着鱼枪就跳下去了。裸潜，没有任何设备，他在深海里顺着渔网，驱赶着鱼群，时不时地钉几条大鱼上来。

我问尹吉尔，他的两个外孙那么小就下海，会不会不安全。尹吉尔笑着摇头，他们在海上出生，刚睁开眼睛就被放进了水里，他们其实就是大海的孩子，每个人都是游泳健将，潜水高手。

大海的孩子。

“那要在海上漂一辈子，每天都能做些什么呢？”

答案很简单，却又让人很敬佩，让人从心底叹服：对于海上巴瑶人来说，生活就是工作，工作就是生活。大海赐予了他们家园，也赐予了他们食物，他们每天要做的，就是过好今天，明天会发生什么，没有人会去在意。每天下海捕捞，够全家人都能吃饱就好，不会再继续去向大海索取更多。

一家人聚在船头，开始收网。尹吉尔和大女儿在船头捋网，女婿在水里处理勾住网的礁石、水草，俩孩子负责摘鱼，分工明确。这一天的收获不少，海鱼、石斑、河豚、海星、扇贝，各种各样的海货，都被扔进了船舱，几条小鱼又被尹吉尔扔回了海里放生。

接下来，就在船头开始生火做饭。半截儿铁炉子垫着，上面架着个铁盆。从海上捡到的那些漂浮过来的树枝、木板，晾干了储存起来，就是做饭的柴火。尹吉尔的二女儿脸上的烧伤，就是一次做饭时的意外留下的。

她好像并不在意，哄着小外甥，脸上一直都带着笑，嘴里唱着歌儿。

在尹吉尔的船屋里，感受了一天原始巴瑶人的生活，我们满意而归。梁红颇有些依依不舍，对我说：“老张，以后咱们要是也能这样生活就好了。”

这就是巴瑶人，海上的吉卜赛人，他们在美丽的大海里流浪，生活在大海里，以大海为生。对于他们来说，生活很简单也很艰苦，但是也很快乐。我一路见到的每一个巴瑶人，他们脸上都带着笑，没有困惑没有忧虑。人所有的苦楚皆是因为内心的不满足，巴瑶人的内心简单而知足，生活就是生活，也只是生活，辛勤劳作，和家人在一起活下去，认真地活每一天。

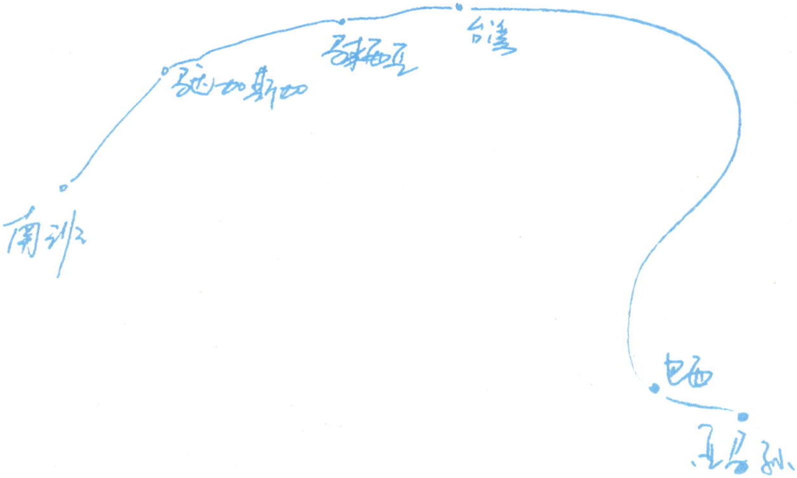

第六章

PART 6

台湾这些年

倔强的甲仙

山崩地裂，洪流奔腾，狂风呼啸。一股山洪倾斜而下，泥石流摧枯拉朽般从村子上碾压过去，数百人在沉睡中被埋葬。

这不是翻拍意大利庞贝古城被毁的电影镜头，而是几年前发生在宝岛台湾高雄市甲仙乡的真实一幕。2009 年 8 月 4 日，莫拉克台风来袭，山峰崩塌，土石坝溃，甲仙乡辖下的小林村，一夜之间被从地图上抹去，惨遭灭村，近 500 人罹难，全村只剩 50 多个活口。

在台湾，甲仙似乎是一个备受诅咒的地方：常年风灾、雨灾、地震、泥石流，上一年刚修好的桥，下一年就会被暴雨冲垮……

这里曾是台湾最著名的环岛观光路线南横公路的入口，穿梭的游客总要在甲仙吃碗芋头冰再上路，街道上总是熙熙攘攘。如今，历经多年灾害，南横公路被石块堵塞中断，甲仙也似乎被打折了腰——三分之一的甲仙人离开了，另寻生路，留下意志消沉的人们。

当地人阿忠哥是我们此次甲仙之行的向导，带着我们在山间公路上七弯八绕。阿忠哥很健谈，一口嗲嗲温柔的台湾腔，把我这北方糙老爷们逗乐了不少。谈到家乡，阿忠哥舒展的容颜开始变得局促，他叹了口气说：“这边已经四年没有过一个好消息了，只要听到甲仙两个字，一定跟灾害是画上等号的。”重建、摧毁，再重建，这就是甲仙这几年的状态。

末了，愁眉紧锁的阿忠哥突然问了句：“你们为什么要来这儿？”

这些年我心里一直有一个梦魇。一个噩梦翻来覆去地做着，我又回到了2008年的5月，汶川大地震，我和几个哥们组成的救援队，在一处建筑物倒塌的废墟中费力地用破拆工具一点一点儿地往外挖，地上到处散落着又细又疏的钢筋，旁边一位父亲边用手挖着边老泪纵横地哭喊自己的女儿。我们也干脆扔掉工具，跟着徒手挖着石块，手指间裂开一个个血口，石块竟越积越多，我越发着急，疯一样地往外扒，结果周围逐渐垒高的石块瞬间把我也吞噬了。

我第一次跟梁红说起这个梦时，她长久地看着我，没有说话，只是轻轻地拍了拍我。我知道，我们都跟那场灾难还没完。惨绝人寰的天灾，生死惨状、生离死别，痛哭、哀号，撕心裂肺，歇斯底里。参与其中见证过的人，无论是受灾者还是救援者，那都是心里永久的一个梦魇，一道疤痕；每一次揭开都是满目疮痍，想忘却又是暗疮横生。后来我没有再去过汶川，不是不想，而是不敢。我很想知道，那些失散的亲人们是否团聚了，那些坚强的生者是否还有笑容。

汶川在毁灭性灾难后开始重建，新闻总在报喜，镜头前的笑脸却难掩悲伤。为了忘却的纪念，生活总要继续，尘埃落定之后人们又该如何去面对千疮百孔的生活？重建一座城市人力可为，心理的创伤无药可医，唯有时间去慢慢抚平，倚仗希望带来的力量。

这或许就是我来到甲仙的理由——这几年自然灾害一直在跟甲仙过不去，接踵而来；先是地震，后是风灾，接着水灾也来凑热闹。甲仙人几乎没有喘息机会，他们的生活是什么样的？他们是如何治疗心伤的？他们还有对生活的希望吗？

我是来看这群同胞们的生活的，我也是来寻找良方解药的。

芋头是甲仙的特产，阿忠哥在当地开了家芋冰店，他很热情地招呼我们进去。店里没有客人，只有他年迈的母亲安静地坐在角落里吃饭，脚下一只猫一只狗心不在焉地打闹着，有些冷清。阿忠哥倒是看得很开：“如果没有旅游团来，这里几乎就是空城。”他笑起来泛起一脸好看的褶子，却难掩苦楚。

关于重建，阿忠哥说，他和很多人一样，不是没想过放弃，但是人还活着，没有放弃的理由。等待？老天也没有给甲仙等待的时间，一波还未平息，一波又来侵袭，让人感觉不到起死回生的希望。最后的结果，就是人们纷纷出走，背井离乡，另觅家园，选择把痛楚遗留在这里，能否遗忘，无人知晓。

甲仙已有三分之一的人选择离开，其中也包括阿忠哥的妻子。阿忠哥说：乡里能离开的人都走了，没条件离开的人才留下来，他自己则是离开了又回来。因为长辈和老人们还在，他们离不开这里。

我非常能理解他的心情，类似的情况，我们之前在奥伊米亚康和切尔诺贝利经历过，故土难离。没有缘由的，很多人和生他养他的土地，是血脉相连的。

我们想去看看小林村的遗址，阿忠哥犹豫了一下，还是答应了。

走在碎石间，远远看到一间白色的小屋孤零地立着，后面两座山勾勒出好看的 V 字形，那就是小林村仅存的一栋建筑物了，而此刻在我们的脚下 50 米深的地方，短短的

474 个生命的长眠之地。

110 秒的山崩地裂，474 个生命已经永远长眠在那个来不及醒来的凌晨。那场灾难只逃出来了 50 多个人，许多人眼睁睁地看着房子倒下，被掩埋，而自己的父母、老婆孩子还在里头酣睡。

在这最后的废墟上，有一些人曾经回到过这里，在墙壁上留下许多纪念的诗句：““小林故乡”“归途路漫长”……这座奇迹般留存下来的房子，像一座活的纪念碑，写满了人们的悼念，以及与死亡与消逝的无休无止的搏斗。

我的脑海里，浮现出一个男人跪倒在这里，脸上淌着两行清泪，颤颤巍巍地刻下这句话的画面。

扭头不见了梁红，她在远处废墟上的杂草间蹲着，背对着我们，肩膀阵阵抽动。我起身向她走去，她听见声响回头看了一眼，眼眶红红的，见我走近，她连忙把墨镜戴上。

我靠着她蹲下，伸出手搂紧了她。

恍惚间，我们仿佛又回到 2008 年的汶川，那个丧女的父亲呼天抢地的脸又浮现在了眼前。那场地震改变了很多人的生活，以及人生的轨迹，我们俩也扭转了原来生活的船舵。生命无常，我们无力对抗自然，但是我们可以选择自己的活法。我们出门，相伴旅行，去探索人生更多的可能。路上很精彩，良辰美景，城镇乡村，各种肤色的人，各种

为了忘却的纪念。

有趣的事情……但每每从噩梦中惊醒，回想起汶川地震，心里依然会觉得堵得慌。不是对自然无情的无奈，而是对逝者的悲悯，以及心痛生者的度劫。

脚下地底的小林村，白骨累累，他们都曾鲜活真实地存在过。

拔一条河

在甲仙最颓废的时候，猫都懒得在这里打盹。离开的离开，未走的人也迷茫而消极地准备着更坏的消息到来时，一则旁人看起来再小不过的事情却让甲仙乡民为之一振。2013 年，甲仙小学的学生获得高雄市拔河冠军。

整个甲仙都沸腾了，“这是一个契机，小朋友就算输了，也没放手，想起我们的生活，我干吗要放手？就算是要放手，也轮不到我们。”阿忠哥说道。

我和梁红不解，何以一场拔河比赛能够达到这样的救心之效？

阿忠哥见我半信半疑，决定带我去甲仙小学看看。学校规模不大，灾害过后，很多家长把孩子带到外面的学校就读，剩下的学生大都是家庭条件比较不如意的，学生们小心翼翼地维护着自己的敏感和自尊。

我们夫妻俩在很多地方，北京、上海、洛杉矶，都做过分享会，分享我们这几年在路上的故事，在甲仙小学这一次，是我和梁红最动情的。这群小小年纪就经历过许多生死大劫的孩子们，他们依然带笑的脸，他们闪烁着希望的眼神，让我们无法不动情，无法不激动。我们在讲台上分享着，我们也在被他们感染着。

索马里街头，寒极雪地，太平洋中心，墨西哥圣井里，南极长城站滩头……我们和孩子们一起，随着视频回忆着路上的惊险刺激和广阔壮美。

“食人鱼有多大只？”交流会上，一个男孩眨巴着好奇的双眼问我。

我笑着用手比画道：“食人鱼小的这么大只，大的这么大只，但每一只都特别地好吃。”全场哄笑。孩子们的脸上一副未受欺负的神情，对更远的外面世界里的未知，充满向往。

在拔河训练室里，摆满了奖杯、奖牌，那是甲仙小学拔河队这几年的成绩，是这些孩子们的荣誉勋章，也是甲仙这片土地的希望之源。

我意外发现了一排旧鞋，鞋底一律磨得溜滑，鞋尖也都不争气地开嘴了，但它们却被像宝贝一样供奉起来，整齐地码在一起。甲仙小学的拔河教练张永豪说，这是甲仙小学拔河队刚成立时留下的，谁都舍不得扔掉。

训练室有几个铁片垒起的吊石，学生们身上绑着绳索，奋力拉起吊石，这是小学生拔河手们的训练器材。梁红自告奋勇地上去试了试，小脸涨得通红，吊石依旧纹丝未动。

一小孩走过来，轻易就拉起 60 公斤的吊石，问他多重，小孩不好意思地说道：“55 公斤。”

梁红不服气，要组队跟他们 PK。我、梁红、阿忠哥，再搭配一个学生，我们混合组 290 公斤对阵小学生组 270 公斤，我们还讨了 20 公斤的便宜。我想着自己毕竟身宽体胖，不能太欺小，决定留点蛮力。

“预备”，教练一声令下，对面传来整齐划一的喊杀声。孩子们一齐后仰，双脚抵死顶住地面，靠鞋面与地面的摩擦力站定。我们这边因为缺乏统一口号，已经自乱阵脚，而对面偶有小朋友倒地，手也始终死死拽住绳子。孩子们的眼神坚定，释放出强大的气场。我开始能理解，为什么这群孩子，能给甲仙带来希望。

教练张永豪说：“孩子们参与拔河运动之后，他们会找到自信心和成就感，在这里找到属于自己的舞台。在这个团队运动中，也能找到同学之间的向心力、凝聚力。”

就是这样一支队伍，代表甲仙，获得全高雄市小学生拔河比赛的冠军之后，在接下来的台湾小学生拔河比赛中，又拿到了第二名。载誉而归那夜，这个乡镇像过节一样，全民狂欢。还留守在这里的乡民们，纷纷走上街头，打出横幅，夹道鼓掌。简易温暖的烟火在街头升起，鞭炮齐鸣，

不放手，就有希望。

唢呐共奏，大家奔走相告，迎接着这些拔河队的小英雄们。

在甲仙被灾难和痛苦裹挟着，几乎要被人遗忘的时候，孩子们的成绩让乡民们再次升腾起对家乡的热爱和自豪感。台湾纪录片导演杨力州将这个故事拍成了纪录片《拔一条河》，他问小朋友“你在比赛的时候是不是在想着怎么赢对方”，小朋友的回答是：“我们都没有想赢不赢，我们想的都是可不可以不要输。”

“大家团结一心不放松，抓住同一条绳子，好像就是甲仙的写照，就像拔河一样，其中一个放手，就没机会了；所以我们更没有理由懦弱下去，而应该坚强地去为甲仙做一些事。”阿忠哥说。

阿忠哥在甲仙是一个精神领袖式的人物，热心公益和公共事业，几乎甲仙每一个人都认识他。他也乐于去帮助每一个人，跟所有人说“加油”。

对于灾害的频频光临，阿忠哥执拗地认为不能全怪老天爷，他指着暴发洪灾的那条河说：“本来一条好好的河道，我们一直占，占到它河道变窄，它一直忍着，一直退退退，退到最后，大河忍无可忍了，跟人类把自己的东西要回来，于是灾害也自然而然地就来了。”

这就是大自然，人类和自然本就该是和谐相处。一味索取，大自然总会有“生气”的那一天。其结果是两败俱伤，必然饱含血和泪。

“我们这边的自杀率非常低。”阿忠哥仰起脸，一脸自豪。灾害过后，甲仙人自发组织了各种社团，拔起同一条河——不向自然灾害认输。

高雄市甲仙救难协会，是当地重要的民间救援组织，阿忠哥也是协会的成员，他邀请我去参加他们的救援训练。

这支救援队全部由本地乡亲组成，他们定期组织各种各样的训练，如绳降、操舟等，在灾难来临时，他们第一时间冲到现场救援；等官方力量到来时，他们会帮忙指路，提供协助和支援。

第一次接受正规的救援训练，我内心兴奋异常。到达训练场时，甲仙救难协会理事长罗万昌给我下达了训练任务——高空垂降。我抬眼看了看眼前的山坡，心里倒抽了口凉气，这山坡足足有 70 米高，横断面跟地面几乎呈 90 度，又险又陡，上面遍布页岩，一脚踩下去可能就有碎石滚下，人容易失去重心，救人不成反要被救。

当然，对垂降我还是有些经验的，当年为了进瓦鲁阿图的马鲁姆火山，我也专门做过了一些学习和训练。梁红一路跟着我爬上山顶，手臂被树枝划出了几道口子，到达山顶的时候，她累得“呼哧呼哧”地喘粗气。我把绳索在一棵大树上固定，她不放心，再三查看，额头沁出细密的汗珠，还不忘叮嘱一句：“小心碎石。”

那一刻我似乎又回到了马鲁姆火山口，当时我已经下降到火山里，梁红在上面，平静地交代着其他队友：“如果老张出事儿了，我也不走了。”往事一幕幕，只言片语胜过山盟海誓。迎着梁红紧张而又蓄满温柔的双眼，我冲她点了点头：“放心。”

垂降时控制身体平衡是一大考验，既要保证大腿根部的主绳不能移位，同时右手还要始终握紧主绳；随着身体下降，逐渐松动主绳。这个过程中身体和脑子的反应速度都要跟上，脚踩在松垮垮的崖面上，让人很不踏实，我隐约听见脚底的碎石在窸窸窣窣地松动。

我开始慢慢找到感觉，一点点朝地面逼近。

“小心，下面有大坑，走之字形。”对讲机里突然响起老罗焦急的声音。我往下一看，乖乖，右下方有一个凹陷的大坑，碎石密布，这要是一脚踩上，无法附着壁面，整个人失去重心，我可能就被拍到岩壁上，然后就悬挂在半空中了。

我定了定神，将绳索引导到另一个方向，放慢垂降速度，小心翼翼地绕过那个大坑。成功避险后，我难掩得意，朝老罗做了个胜利手势。

阿忠哥也顺利完成了训练任务，他抹了一把汗说："上面调拨的财政力量有限，但是民力是无穷的，从北到南，从东到西，几乎都有救援队，都是自发组织的。"救援队里，年纪大的有五六十岁，本该膝下承欢的年纪，却穿起红色的救援服，两眼精光，随时准备为保卫家乡出力。所有成员都是义工，刚组队时甚至没有装备，很多人都是自己掏钱去买。

突然有些感伤，如果当年在汶川，当地就有这样专业的民间救援力量，应该会有更多的人获救。

据阿忠哥透露，灾难后的几年里，有很多人陆陆续续地回来了。只要有志同道合的人在，他们就不孤单，也不会想放弃自己的生活，放弃这片土地。大家齐心协力拔一条河，拔一条绳，纵使天灾人祸，也没有放手的理由。那么家，就始终都在。

看着身旁的梁红，我们两人一对眼，相视而笑，前所未有地平静。在我们之间，能感觉到这种微妙；携手相扶侣行，没有什么能够阻挡人们对生活和梦想的向往。

防空洞里的烈酒

万炮齐鸣遮天蔽日，到处都是轰隆隆的炮声，战火、硝烟笼盖了整个滩头。这不是诺曼底的奥马哈，是台湾的外岛金门。

20 世纪五六十年代，大陆和台湾关系最紧张的时候，金门岛成了两岸隔海对决的前沿阵地。金门离厦门就隔了一片浅海，本岛距离不到十公里，最近的礁岛甚至只有两公里多远，我直接游泳过去都毫无压力。1958 年 8 月 23 日的震天炮响，让金门这座岛屿在世界战争史上，留下了浓墨重彩的一笔。

当然，我们此次到台湾的“蜜月”之行，无意去探秘 56 年前的两岸关系、美苏企图和世界格局大动态的史事，我们想找的，是当年那场断断续续持续十年的隔海炮战，砸到这片土地上的炮弹，现在都去哪儿了？

一进岛，映入眼帘的是各种战防设备，所有山都被掏空了，修建成了军事设施。长长的海岸线上，防登陆和空降的“鬼挑柴”桩子直指蓝天，坦克战车的炮口指向与金门一水之隔的厦门。

与厦门的现代繁华、游人如织不同，金门更像一个简朴的乡镇，路上偶见三三两两的老农扛着锄头慢悠悠地走着。这片祥和安宁，让我们全然想不起曾经的炮火染天际。

驱车前往岛上一处神秘的军事设施。这是一个晦暗的洞穴，一踏进去我能感到空气中游离的阴森感，头顶上昏暗的白炽灯没精打采地亮着。我大大咧咧地说着话，耳旁回响着变异了的回音。真应该来个剧组，这是绝好的拍鬼片场景。梁红挨近了我，有些害怕地抓住我的手。

当年两岸关系紧张时，大陆奉行“单打双不打”策略，一到单数日就要往金门发射炮弹、塞着传单的宣传弹，而金门则挖了许多幽深的防空洞，这个洞穴就是其中之一。

穿过潮湿、阴暗、低矮的长廊，推开一扇锈迹斑驳的大门，里面没有蝙蝠惊飞、虫鼠乱窜，也没有长枪短炮，倒是整齐有序地陈列着一排排的大酒缸。

金门有三宝，贡糖、高粱酒和菜刀。这里现在算是个宝库，储存的就是大名鼎鼎的金门高粱酒。

酒坛子上已爬满了青苔，不知道的人初见这个，没准还会以为是古时陈酿，在这儿沉睡千年了。看着梁红满脸惊异，我捋着光秃秃的下巴装模作样地科普道：“之所以选择在地下储酒，就是看中了这里温度和湿度恒定，酒容易储存。”

遥想当年，炮火染天际……

每个坛子上都贴着标签，俯身就近查看其中一坛酒，赫然写着：“储藏 9 年，酒精度 59.9 度。”单单几个数字，就看得让人喉咙喷火。

酒香穿透土陶缸子，开始在空气里弥漫开来，刺眼、刺鼻。我脑子一阵发晕，喉咙仿佛被什么东西勾住了般，呛出声来。我用力抹了抹脸试图清醒，没有奏效，光闻着这浓郁的酒味儿，我就已经醉得晃晃悠悠了。一旁的梁红笑盈盈地看着我，她的酒量甩我好几条街这事儿我知道。

“其实我特别期望能喝上一口。”她狡黠地说道。

渡海做客，难得梁红酒兴大发，这个小愿望还是要实现的。出了潮湿醉人的洞穴，我们奔向了高粱酒厂。

酒厂里各项酿酒工序有条不紊地进行着，一位工人端上来一个小竹筒，空气里霎时多了抹清洌的酒香。凑过去鼻子闻了闻，香而烈，这竹筒里的酒足足有 80 度，喝下去我估摸着五脏六腑都得烧起来。

见我面露难色，旁边的梁红则捋起袖子，一展女汉子的豪迈气概，伸手就接过了竹筒，率先啜了一口。龇牙咧嘴，梁红吐着舌头分外可爱，她边哈着气用手扇着，边竖起了大拇指：“好酒。”

咽下口水，我壮着胆子接过了竹筒，闭眼抿了一口。

一股清冽又刺激的细流涌入口腔，滑入喉咙，甘醇而涩苦，继而刺激涤荡着我的五脏六腑，引燃每一处它流淌过的地方，烈火在体内熊熊燃烧。我瞬间就感觉天旋地转，完全不辨南北西东了。

酒酣耳热，再继续在这样的空气里待下去，我可能就地躺下了。被搀扶着出了酒厂，海风一吹，我才稍微酒醒。不远处一片挖掘机轰隆隆作业的工地上，一枚炮弹被挖出，我和梁红凑了过去兴奋地蹲下来，好奇地端详着这枚锈迹斑斑的“怪物”。

赠你一枚炮弹

挖出炮弹，这本该是件天大的事，但在金门，实在太平常不过了。

1958 年的“8・23”炮战，仅那一天，大陆就向金门打了近 50 万发炮弹。

岛上有一家钢刀厂，向导带我们过去，说当年那些炮弹最后的归属地，就是这里。一个身形瘦削但精神矍铄的老者，正拿着钳子在火炉旁烧制一块钢板。他叫吴增栋，今年 58 岁，他的外号比名字要响亮许多：“金门刀王”。

“刀王”的身旁散落着大大小小的各式炮弹，堆积如山。

吴老出身打铁世家，是家里的第三代传人。他把当年从大陆飞来的炮弹切成块，打磨成名噪一时的金门菜刀。这种炮弹钢刀比普通钢材质地更为细密，不怕热胀冷缩。“当年一开始打的炮弹，是会炸开的，后来慢慢地局势缓和，单打双不打，而且更多的不是打实弹，而是裹着传单的宣传弹。我们这边的这些炮弹，就是当年没有爆开的宣传弹。”吴老边抡着大锤边向我们讲解。

我对手工制作天然着迷，很想拜师学艺。吴老很爽快地答应了，还亲自示范一遍所有工序给我看。从气割炮弹、

金门刀王。

锻打菜刀，到切割菜刀毛坯，裁剪成型，最后进行淬火、砂光打磨等处理工艺，不到20分钟，一颗弹头上切下来的弹皮，摇身一变成了一把锃亮锋利的刀。吴老拿着刀轻松地将报纸划成条状，仿佛武侠小说里的吹发即断。我和梁红惊叹不已，竖起了大拇指。

“我做了四十年了，白天做菜刀，晚上做梦还在做菜刀。”吴老哈哈大笑。

我兴奋莫名，当下提出自己动手打一把刀出来。吴老前一秒还绽放着的笑脸霎时变得严肃起来，他问我之前有没有用过切割机，我点头，但是是很久以前了，我心里也没什么谱。不过对于动手做东西，我心里还是有谱的。我从小喜欢将家电拆得七零八落，再原样装回去，从未被大人们发现。带着梁红出来满世界蹦跶这两年，修车、修船、修各种器械，一直在贯彻“自己动手，天下我有”的实践。

我开始忙活起来，吴老寸步不离地跟着，双眉紧锁，看得出来他很紧张，毕竟跟这些机器打交道，一旦操作不当，火星四溅的话，你压根预料不到它会飞向哪里，还是挺危险的。

用切割机时，看到我的手竟然异常平稳，一旁的吴老啧啧赞叹，我开始有点儿自鸣得意了。但在锻打刀具的过程中，我还是出糗了，不管怎么敲，刀把就是越来越歪；一旁的吴老指点道，锤子要往刀口的位置打。

一个半小时后，我的衣服黏潮，汗珠子还在不停地往外冒，我的“270牌钢刀”终于出炉了，好一把身材颀长，铁骨铮铮的水果刀。梁红看那刀歪瓜裂枣的模样，禁不住笑了，打趣道：“虽然模样怪异，但毕竟是咱家老张纯手工制造，得收藏了。”

吴老也不吝赞美：“我四十年的功力才练成这样，你第一次上手就有这水准，到时候来抢我饭碗怎么办？”

众人哈哈大笑，这把刀我不能留在这儿献丑，必须打包带走。

到了1993年，两岸关系缓和，金门终于对外开放观光，往事就让它留在历史里。废墟和炮火掩映下的岛屿，游人如织。来客走的时候，都会捎上一把金门菜刀。如今这些炮弹菜刀，多半被大陆过来的游客买走，走进大江南北的千家万户的厨房。

吴老虽被尊称为“金门刀王”，但是早年间因制作炮弹菜刀，也被人诟病为发战争财。对此吴老一笑，颇具仙风侠骨，他说：“我们用炮弹做菜刀，就是一种两岸的和平交流，化干戈为玉帛。如果一个家庭能够有一把好刀，做一个好菜，

化干戈为玉帛。

代表这个家庭是幸福快乐的。”

仔细一想，确实深意绵长。当年飞过来的炮弹，而今进了厨房，服务于两岸不同的家庭；做出一道好菜，赠上一桌美味，于家于国，和谐盎然。

看着身边一路走来的梁红，我不禁感慨万千——虽然大多数时候操刀做饭的是我。她陪着我，一路走走停停十几年，特别是这一次的结婚和蜜月之旅，那两万海里飘摇的时光，正是我们彼此依存相偎，才能走到南极，再走回台湾。我做任何事情，出发了就从来都没有想过放弃，但是在海上的时候，我真的几度濒临崩溃；看着晕船休克的爱人，以及饱受折磨的小伙伴们，我哭了。到最后还需要梁红拖着虚弱的身体，反过来安慰我，支撑着我们携手走到南极那个广阔的礼堂。

我们的梦想，缺一不可；我们的人生，不离不弃。

动情地搂过她，两万海里万里关山迈过，这趟颠簸而甜蜜的蜜月之旅，行将结束，我要送她一份特别的礼物。

“北京号”，我要用炮弹打出一艘我们的帆船，铸出那些在海上同甘共苦、同舟共济的日夜。漂洋过海，“北京号”是我们的家，我们的马，也是我们的家人和朋友。一路抵风御雨，对抗巨浪，在各种极端的环境下，它都安然护送着我们前行。可以说“北京号”与我们肝胆相照，庇佑着我们的梦想，并为之保驾护航。

吴老有些半信半疑，他们这个刀厂只产刀，从未有人来打过帆船。我挑拣着炮弹，坚信可以做出来。

刀是平面的，船是立体的，做帆船的方法与做菜刀大相径庭，看来我只能摸索着慢慢来。先用纸折出一个大概的模板，再按着模子敲打铁皮。做帆船的难度在于，在折弯塑形的过程中，它不像刀，刀只有一片，帆船则是来回折叠。我按着草图一点点地打磨着船身的弧线。

半天过去了，船身基本成型。当然，最难制作的不是船身,而是帆板。我当时想的是,如果用一整片钢板贴过去,会显得异常生硬；我想把帆砸成波浪形，砸出一个个凹凸的曲线，颇有乘风破浪的雄浑气势。

想一想很美，做起来却工程量浩大。我抡圆了胳膊耐着性子砸出一个个波浪纹来。每砸一下，铁锤的震动牵动胳膊的肌肉神经一直震颤到另一个肩膀上，几乎浑身都在震。砸了五六十下后，我满脸通红浑身是汗，脸上的肉都拧巴起来了，但是我想要的理想帆型出来了。

袖珍版“北京号”经过一天的摸索和折腾,终于出炉了。

将带着余温的“北京号”递到梁红手上，她高兴得一时不知说什么才好，只一个劲地傻乐，眼眶却是红的，笑着说：“我们的‘北京号’还是很有分量的。”

梁红一脸满足和激动，我搂过她，加上捧着的“北京号”，环地球一圈之后，我们仨又在一起了。

捧着它，我竟一时也有些动情。两百多个日日夜夜，几万海里，无数个浪头，“北京号”始终是我们坚实的依靠，像个家人一样伴我们前行。船头的夕阳和风浪，风帆上的夜空和彩虹，甲板上的星辰与大海，船舱里的鼓励与依偎。有过百无聊赖，也有过生死抗争，一路酸甜苦辣，都被我们珍藏进了记忆里。无论再次远航，还是长久地停靠在港湾里，“北京号”都与我们同在。

很难用疯狂、冒险、浪漫这种词汇来穷尽我们的一路前行，其实我更倾向于认为我们在追寻一个无与伦比的过程，找到适合我们的生活方式。在这个过程中，“北京号”载着我们走过了最凶险和精彩纷呈的一程。我们始终像新生儿一样睁着好奇的双眼，奋力去地看看世界到底有多大。

吴老帮我们在船身刻上：北京号，追寻无与伦比。

附录

环游地球三百天

万里无言，爱在旅途 · 梁红篇

回来了，终于回来了，北京依然雾霾天，但空气里面满是熟悉的味道。午后闲暇，睡前时光，北京的阳光和夜色里，翻看这几年的照片，我又总会想起路上的时光。惊险和美好并存，还有刺激和浪漫。

我和老张的每一次出门，在别人看来都很疯狂，甚至有人担心我们有去无回。但是我从来没有考虑过这个问题，前期的详尽准备让人心里有了底，更重要的原因，是老张始终和我在一起。我们彼此相信，从未给过彼此害怕的印象。多少生死关头，只要我们的手还攥在一起，就坚信能一起闯过去。

在索马里街头，因为脱群去看非洲山羊，被几十支枪围着的时候，远远跟老张一个对眼，我就能很快镇静下来，没有一丝慌乱，从容面对，安然脱险。这是我们相交、相知十几年的信任，无须过多言语，一个眼神足矣。

零下五十多度，极寒之下其实我们的身体早已没有知觉，只剩下心脏还在跳动。冰天雪地的帐篷里，隔着睡袋，但是我们的心里还能感受到彼此的温度，维持着起搏的动力。天亮，睁开眼，看到那张熟悉的脸，凛冽刺骨的寒意中，仿佛昨夜在温暖中睡得惬意安然。

凝固的冷空气中，老张手里的戒指寒意森森，眼神却是那么的炽热，他“扑通”一下跪在了雪地里：“嫁给我吧。”我当时愣掉了，他这是在干吗？这个男人是在向我求婚吗？虽然我们早已确信彼此就是将会携手此生的另一半，但是作为一个女人，始终在期待着那个有些“俗套”和落于窠臼的仪式。其实我在心里设想过无数次老张向我求婚的场景，但是没想到是这里，在寒极。

眼泪早就绷不住了，我知道在奥伊米亚康不能落泪，否则泪会冻在脸上，但是那会儿我根本控制不住自己的感情。十年同行，一朝求婚；千日往事，尽是温情。饱含热泪回答着他的一眼深情：“我愿意，我愿意，我愿意。”

在奥伊米亚康老张曾犹豫过，去其他地方我们只是小心翼翼地游走在危险的边缘，但是去乌克兰，我们是闯进了“死神”的怀抱。在辐射圈里，对我们身体的危害是无法避免的，而且短期之内不能有孩子。老张提过让我别进去了，但是我坚定地摇头。健康或者疾病，我们理当一起。

不苟活，其实并不需要过多的思考，当心爱的那个人不在，我下意识的反应就是生死相随。当老张在马鲁姆火山里跟我失联的时候，当我亲手操控升降机拉老张上来的时候，我心里真的是非常的平静，波澜不惊。成功了，完成我们的一个共同心愿，击掌相庆；失败了，他在这里，我也会留在这里，伴着他看火山的熔浆绚烂。

“我们去结婚吧！”从北极归来，从火山归来，老张说，咱们开帆船去南极结婚。我笑着点头，压根儿就不想路上困苦，只想着终点圆满。

2013 年 7 月 5 号，上海滩头，“北京号”安静地启程，开始了我们的结婚之旅。老张对此其实一直耿耿于怀，他说不求锣鼓喧天，好歹挂串鞭炮响一响，壮行也好喜庆也好，符合他一贯喜欢的调调，热闹。

暴风雨很快就来，我也很快就倒下了。我心里对大风大浪的侵袭有了准备，却忘了更让人难受的是海上的颠簸。

晕船，晕得天昏地暗，甚至休克。在海上的那一百多天里，我没怎么站起来过。头晕、恶心、呕吐，非要我回忆两万海里最深的记忆，这一组词汇最先涌上心头。

看着老张带着小伙伴们一路在船头跟风雨搏斗，我却只能无力地在船舱里躺着、看着，有那么几个瞬间，我觉得内疚，自己是他们的累赘。看着老张给我喂食时的眼神，听着他安慰我时的声音，我又很快让自己 Pass 掉了这些想法。扬帆出航，风雨路上，我们是一体的；正因为我们都在，还站着的人才能继续前进，没有谁是累赘，没有谁是多余的。极限的环境之下，心里互相依靠，这股力量才能让“北京号”劈波斩浪，继续前行。

再难受，见到他们的时候我都会扬起笑脸；想呕吐，我一定会趁着人不注意的时候张嘴。我做不了更多，帮不上许多忙，只能用这种倔强的方式来表达自己的坚强，传递自己的信念。给小伙伴一丝慰藉，笑容里满是加油和坚持的呐喊。狂风骤雨之下，内心的风平浪静才能让人吹打不倒。没有人是孤独的和多余的，我们彼此相依，才能穿越风雨，抵达彼岸。

也许是为了回报我们的不避风雨，这趟旅程沿途也赠我们一方美景，一路故事。济州岛的“海女”，阿图岛的大马哈鱼，阿拉斯加的冰川，墨西哥的圣井，加拉帕戈斯的象龟……

南极冰盖终于被我们踩在了脚下，两万海里被抛在了身后。相扶下船的那一刻，我和老张彼此深情相视的眼里，其实都含着热泪。不容易，太不容易了。用九死一生来形容绝不夸张，咱俩这一路，就是夫妻共患难的典范——虽然是我们爱折腾"自找的"。老张早就说了，人活着不就是折腾吗？小打小闹也是折腾，不如咱去搅起一波惊天巨浪。

在离家几万里的南极，穿着洁白的婚纱，融进冰天雪地里，我和老张结婚了。我是世界上最幸福的女人，不只是那一刻，而是从认识老张那一天开始。我们走进了彼此的人生，也成全了彼此更加不一样的人生。老张说，孤胆英雄就算能够开天辟地，其实他也是感受不到喜悦的。成就感、自豪感，是需要分享的，他是草莽英雄，我是知心女侠——女汉子。

企鹅做伴娘，还有同行小伙伴们在冰天雪地赤身跳进水里的赤诚祝福，以及来自世界各地的祝福，包括那些来自王宫里的。眼泪这一次没有任何羁绊地流了出来，满满全是幸福。风吹雨打我不会哭，艰难困苦我不会哭。但是关于感动与幸福，眼泪无法抑制。

在南极的婚礼，只是那短短的一刻，隽永而甜蜜。一路的坚持与相扶，肯定要比结婚的那一瞬来得深刻。

停停走走，我们一直在路上。北极求婚，南极结婚，然后是“环球”蜜月。很疯狂，让人诧异、让人艳羡、让人不解，其实我理解的这一切都非常非常地简单，就是和自己心爱的人在一起，去做我们想做的事情而已。没有缘由，因为相爱；没有理由，因为梦想。

路有两种，一种是看得见的踩在脚下的，一种是看不见的生活的。两条路其实是并行的，选择了哪种生活的路，就决定了会踏在哪条路上。不一定要劈波斩浪，但一定要为梦前行。平凡也能精彩，平庸不可原谅。

前路漫漫任我闯・张昕宇篇

铁汉柔情。这是我们在南极结婚的时候，我老婆说的。

在梁红和很多人眼里，我是个硬汉，想看到我柔情的一面并不容易，或者说我咋自己都不知道自己有柔情的一面？但是梁红说我一直有，我们两人一个对眼，她就能感觉得到。那种既坚硬又温柔的东西。

或许吧，我在周边朋友圈里做了个群访："270这人你怎么看？"收集汇总了一下关键词：土豪、死胖子、机械控、疯狂，还有梦想家、探险家等"成家"的大帽子。包括形容我跟梁红之间的感情的，都是"霸道总裁爱上我"这个范儿的。

末了，大伙儿让我自我剖析一下应个景儿，在我张昕宇眼里，270到底是一个什么样的人。

梦想家谈不上，"生活家"可以有。汶川归来，我确实抑郁了，没有一夜白发，但是开始世事洞明，不能说涅槃，但确实让我看明白了一些东西。见惯了生离死别之后，并不会让人看淡生死，而是会让人更加珍惜生——生命，生存，生活。生命并不是无价的，体现不了价值谈什么价？生存很容易也很难，看你要选择怎么活着；过自己想要的生活，那才叫生活。

说出来挺绕口，听着也挺哲学的，简而言之，生而有涯，但求不虚度，想明白自己想要的生活方式，然后就去实践。没别的，Just do it。我的选择就是在生而有涯里行者无疆，和爱人，和朋友，去看大千世界，去看山峦叠嶂，去看万里长云，去看无际汪洋，去看人间百态。

上天入地开着帆船去南极，枪林弹雨唱着歌儿吃火锅。

探险家这帽子我以前挺排斥的，但是现在我开始接受了，愿意戴上。听张专家的，探险不是一场猛拍脑袋说走就走的旅行。极限挑战就一定有危险，我们无法完全过滤，但是能将危险降到最低，真出事儿了能有应对措施。事无巨细都得提前准备，专业知识、技能，器械道具装备，一样都不能少。出门不只是一个人的事情，我还带着爱人、朋友，我可以自己豁出去，但是我得带着他们安全到达，活着回来。男人最重要的不是有钱，而是有责任。

说到这儿，再回想一下这趟九死一生的环球结婚和蜜月之旅，我必须得再铁汉柔情一回，向很多人鞠躬，感谢。一起上船的小伙伴们，后来增补的球球、老布，留在北京没日没夜做气象“岸勤”的烟斗，还有在后方给我们提供种种资讯帮助的小伙伴们。对这一路上遇到的很多陌生人，我也要感谢他们提供的帮助。

还有万千关注和祝福我们的网友们。当我开始觉察到自己的所作所为，能为别人带来一些改变和鼓舞的时候，我很欣慰也很自豪；我在按计划走着自己的人生之路的时候，还能为别人带去一些力量，善莫大焉，与有荣焉。

看不见的柔情之外，我其实更多的时候是有着满腔的热情和豪情。热情很好解释，因为喜欢所以热爱，随之而来，就有付诸行动和成功完成的激情。豪情来自我个人的一点儿民族情结，我不止一次地说过我有着强烈的爱国主义情怀。我想去世界的尽头，我想看没看过的世界，我想征服别人征服不了的事情，我想证明很多事我们中国人不是不行，而是不想。

有点狭隘，但是我很执着。“北京号”的船头插着国旗，我们的黄皮肤黑头发也一直能够成功地站到终点。

两万海里加上陆地上几千公里走完，我们得到的远比付出的多。行万里路，真的是胜读万卷书。立体的感受，淋漓尽致地涤荡着人的肌肤和感官。在极寒下，你能体验到自己生命的极限；在火山中，你能感受到造物的雄浑与炽热；在辐射里在枪口下，你能觉察到生命脆弱和生之可贵。在大海上风雨教会了我们敬畏和齐心协力，在圣井里感受到历史的残忍与沉淀，在南极收获一场婚姻和一生所爱……

在彩虹国度有飞上天空的畅快，也有在加冕公园的悲伤。马达加斯加的狐猴让人心生怜爱，哭泣的红木又让人唏嘘不已。足球给足球王国留下一道伤疤，贫民窟里毒贩枪下依然奔跑着足球小将。跳进亚马孙河食人鱼敢不敢咬我？深入食人族子弹蚁让我再经历一次成人礼。

在路上，在各个国家和地区，感受不一样的一方水土一方民生。

是的，是的，不一样的、没见过的、新鲜的、别样的，就是我想去看的去体验的。这就是我和梁红生活的方向以及方式，我们想去，我们热爱。

并且，我们会一直继续下去。两万海里已在身后，前方是黄沙茫茫。我还有很多疑问和向往，促使着我们踏上西行之路。

一千年以后，中国人再次穿过漫漫黄沙。阿拉伯和穆斯林的世界，我们熟悉又陌生的认知。逊尼派和什叶派有哪些渊源？穆斯林为什么有的穿黑袍有的穿白袍，还有穿绿袍的？麦加和耶路撒冷有着什么样的魔力？大马士革和伊斯坦布尔藏着哪些历史？幼发拉底河和底格里斯河曾孕育的灿烂文明，又是缘何败落？

接下来的日子，我们会再次启程，踏上西行征程，用脚步丈量阿拉伯世界，用脚步捋直一个个的问号。

穿过风浪，我们会得到一弧彩虹一抹夕阳；越过山川，我们会得到一片雨林一座村庄。穿过沙漠呢？我期待着。

图书在版编目(CIP)数据

侣行:中国新格调:爱到极致,行到极端. 2. 下 / 张昕宇著. — 南京:江苏凤凰文艺出版社,2015

ISBN 978-7-5399-8767-5

Ⅰ. ①侣… Ⅱ. ①张… Ⅲ. ①游记–作品集–中国–当代 Ⅳ. ①I267.4

中国版本图书馆CIP数据核字(2015)第226017号

书　　名	侣行 Ⅱ [下] 中国新格调:爱到极致,行到极端
著　　者	张昕宇
责任编辑	郝　鹏　孙金荣
特约编辑	曹红凯　李玉峰
责任校对	郭慧红
封面设计	门乃婷工作室
出版发行	凤凰出版传媒股份有限公司 江苏凤凰文艺出版社
出版社地址	南京市中央路165号,邮编:210009
出版社网址	http://www.jswenyi.com
经　　销	凤凰出版传媒股份有限公司
印　　刷	北京市雅迪彩色印刷有限公司
开　　本	880毫米×1230毫米　1/32
印　　张	8.5
字　　数	154 千字
版　　次	2015年10月第1版　2015年10月第1次印刷
标准书号	ISBN 978-7-5399-8767-5
定　　价	39.80元

(江苏凤凰文艺版图书凡印刷、装订错误可随时向承印厂调换)

ON THE ROAD

骑士精神语录

ON THE ROAD

侣行 中国新格调：爱到极致，行到极端

侣行

ON THE ROAD

骑士精神语录

这不是心灵鸡汤，这是一路走来的点滴感悟，有些播出的时候遗漏了，在这第三本书付梓之时，我们把缺失的，一一补上了。希望对大家有所裨益。

不只是出门旅行、“侣行”，生活中所走出的每一步、所做出的每一个选择，都需要一点力量。这是我们在“侣行”途中的一些涓滴细流，愿助大家走出的每一步，都有力而踏实。

第一期:【上海】

大海，我们来了

出发，其实没那么简单。
那一刻，我走在了两条路上。
看得见的，在脚下；
看不见的，在心底。

第二期:【日本】

遭遇日本海上保安厅

在路上，我们总会遇到很多困难。
如果选择逃避它，
那它会一直住在你的心里。
唯有直面它，跨过它，
你才能看到前方更美的风景。

第三期:【太平洋】

经历九九八十一难

来吧，来预设苦难。

为你惧怕的，定制可控的开端。

去吧，去经历苦难。

用收获的美景，来为王者之心加冕。

第四期:【太平洋】

航线之争

永远不要被生活困住，
柴米油盐，只能让你活着。
远走一步，远看一眼，
与梦想为伴，
才算真正的生活。

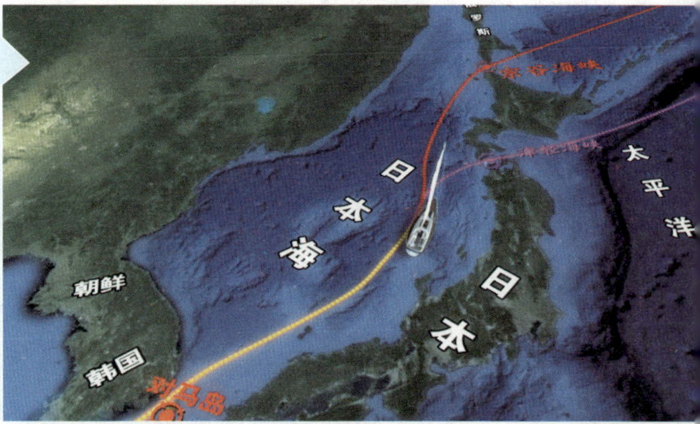

第五期:【太平洋】

迷岛惊魂（上）

因为看不见才恐惧，
因为恐惧而不敢尝试，
那么我们就永远看不到明天。
每一片阴影和未知，
都是为勇敢者准备的礼物，
鼓起勇气往前走一步，
你会收获一份喜悦。

第六期:【太平洋】

迷岛惊魂（下）

眼睛可能会被一叶障目，
让我们只看到事物的表象，
而踌躇不前。
但只要保持心如明镜，
就没有什么能够迷惑我们。

第七期：【南极】

浪漫到极点

我与你携手走天涯，
只想为你披上婚纱。
浪漫从来都不只是简单的甜言蜜语，
而是我们一起经历风雨之后，
还能在一起。

第八期:【美国】

阿图岛，探秘美军基地（上）

人生不是彩排，
也许我们不可能一开始直奔梦想，
但只要我们不放弃自己的信仰，
希望永远在不远处向你招手。

第九期:【美国】

阿图岛，探秘美军基地（下）

有些事情，
现在不做，永远不会去做，
因为时间有限。
有些风景，
现在不去体验，永远没有惊喜，
因为生命有限。
侣行的意义，在于发现生命的美好！

第十期:【太平洋】

伤心太平洋

有的时候，
内心的恐惧无法克服；
有的时候，
同伴间的信任会面临挑战。
为了继续前行，
有时候需要强迫自己成长。
即使面对的困难大，
即使无法驯服自己心中的猛虎，
我们也要学会与它和平共处。
只有内心真正强大起来，
才能不辜负那些跟你共同经历风雨的人，
包括那些把命交给你的人。

第十一期:【美国】

双面洛杉矶

只有背对黑暗，
才能看见阳光；
只有遭遇苦难，
才能珍惜幸福。
生命的每一天都转瞬即逝，
请活在当下，珍惜眼前。

第十二期:【墨西哥】

探秘玛雅，密林深处的圣井（上）

只要想，
就一定可以彪悍地冒险；
只要敢，
就一定可以走得更远，
更惊心动魄。
只有亲身经历，
才能觉知生命的意义和震撼。

第十三期:【墨西哥】

探秘玛雅，密林深处的圣井（下）

人生短暂，
我们如何尽情地拥抱所有？
倒不如一同投入到世界的怀抱，
换一个角度看世界，
来场精彩的侣行。

第十四期:【韩国】

寻觅传说中的海女

生命太短，
没有时间留给遗憾。
纪念生命的最好方式，
就是怀揣信仰，
一直在路上。

第十五期:【上海】

复旦分享会（上）

明天和意外，
不知道哪一个先来。
请过自己想要的生活，
请鼓起勇气，
踏出第一步，
开始属于你自己的“侣行”。

第十六期:【上海】

复旦分享会（下）

人能征服能挑战的，
永远只有自己。
对大自然，
请抱有敬畏之心。
每一次的出发，
都是一场修行。
不仅锻炼你的能力，
更是磨炼你的人生。

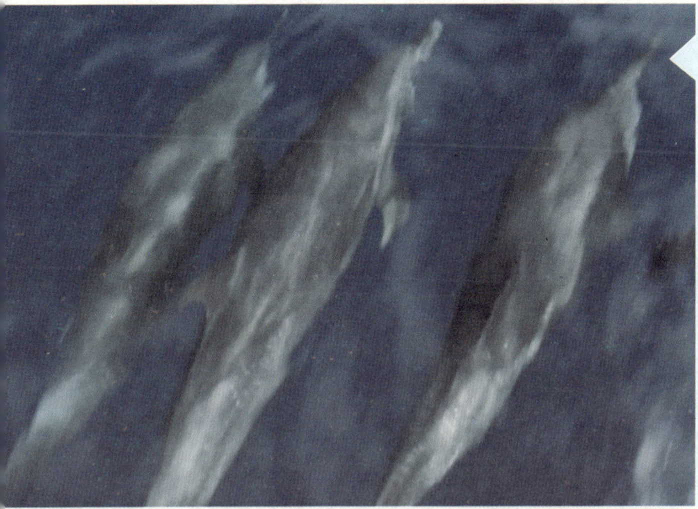

第十七期:【墨西哥】

北京号上的特殊来客

人的生活中，
需要带点“疯”。
有一颗“疯狂”的心，
才能让生活充满惊喜和不同。
请给生活加点儿“疯”。

第十八期:【厄瓜多尔】

神秘的进化岛屿：加拉帕戈斯

大自然的生命，
很顽强，
也很有力量。
可以克服所有的恶劣环境，
找到自己的生存方式。
请尊重每一个生灵。

第十九期:【智利】

圣地亚哥的伤心别离

死亡和坚持摆在面前，
坚持比死亡更难。
因为死亡只是瞬间，
而坚持需要更大的信仰。
请怀抱自己的梦想，
一直坚持下去。

第二十期:【阿根廷】

世界的尽头乌斯怀亚

世界很大，人生很短。
好好走好每一步，
过好每一天。
世界很小，
请感谢帮助过你的人。
请珍惜沿途的风景，
且行且珍惜。

第二十一期:【南极】

呼叫长城站

有梦想的人，志在四方。
有勇气的人，闯荡天涯。
有信仰的人，无惧艰难。
只要红旗在飘，
我们的阵地就在。

第二十二期:【南极】

爱在南极

爱情不是终日彼此对视，

而是共同瞭望远方。

相伴侣行，

请抓住彼此。

前方一切安好。

第二十三期:【北京】

飞越彩虹国
北京分享会

生命不息，脚步不停；
梦想不灭，侣行不止。
最美的梦想，
一定最疯狂。

第二十四期:【南非】

突遇华人劫杀案

世间事皆在一念之间。
没有信仰就没有敬畏。
不敬畏生命，不尊重自然，
因缺乏信仰，
才有天堂和地狱之别。

第二十五期:【南非】

休布罗街区的“内裤传说”

人生而平等，
却因境况不同，
或贫穷，或富有。
一念贪欲，
你就贫穷。
一念知足，
你则富有。

第二十六期:【南非】

探秘白人贫民窟

富裕与贫穷，
是命运的安排；
而对待生活的态度，
却可以自己主宰。
逆境中微笑，
穷也富足。
贫穷本身并不可怕。
敢于面对贫穷，
才是生活中真正的勇士。

第二十七期：【南非】

飞越彩虹国（上）

宽恕是一座桥，
桥那一端是平和与包容，
远离愤怒与仇恨。
宽恕是一束光，
光的深处是信服与喜悦，
照亮未来与希望。
而胸怀是这一切的缔造者。

第二十八期：【南非】

飞越彩虹国（下）

飞翔不仅需要翅膀，
更需要勇气。
因为逆风的地方更适合飞翔。
坚持信仰，
勇往直前，
让心灵飞翔。

第二十九期:【马达加斯加】

与祖先共舞

生死无常，
无法逃避更无从选择。
而对待生死的态度，
却可以自己选择。
怀着真诚的信仰，
不再惧怕死亡。
相信这并非终点，
而是另一段生命的开始。

第三十期：【马达加斯加】

与狐猴共舞

大自然的恩赐弥足珍贵。
寻找的过程，
让白昼不再单调，
让夜晚没有寂寞。
面对大自然的财富，
和谐与尊重，
才是永恒的相处之道。

第三十一期：【马达加斯加】

红木殇

每一个生灵的存在，
都是上天的恩惠。
不料成为欲望的奢侈品。
让我们做生命的骑士，
背负起护卫家园的责任。
为生息繁衍，
尽忠职守。

第三十二期：【巴西】

科帕海滩

每个人都有追求梦想的权利；
每个人都有实现梦想的天赋。
请不要放弃造梦的权利。
在梦想的绿茵场上，
不要放弃任何一次破门的机会。

第三十三期：【巴西】

桑巴不言败

比赛虽残酷，
唯有全力以赴，
方能体现竞技精神。
唯有对手强大，
方能鞭策我脚步不停。
梦想不败，足球精神不倒。
待我置之死地而后生，
四年后重整河山。

第三十四期：【巴西】

“虎穴”阿莱芒

天堂和地狱只隔着一扇门。
天堂的一侧写着：
勇气和梦想；
地狱的一侧写着：
懦弱和困惑。
门的钥匙，在我们心中。

第三十五期:【亚马孙】

挑战食人鱼（上）

大自然创造了不同的物种，
并赋予了它们不同的生存本领，
或凶猛或残酷。
生存需要勇气，
就像我们的生活。
然而有勇气并不表示恐惧不存在，
而要敢于面对恐惧克服恐惧。
因为只有面对它的时候，
才知道如何打败它。

第三十六期:【亚马孙】

挑战食人鱼（下）

恐惧是一面哈哈镜，
它可以把细小的筋肉悸动，
夸张为极度可怕的画面。
而能打破这份恐惧的，
只有勇气。
勇气是一名骑士，
在黑暗中披荆斩棘；
粉碎这面哈哈镜，
还内心真实与平静。

第三十七期：【亚马孙】

探秘食人族（上）

人生是跋涉，也是旅行，
是探险，
也是寻宝。
世间万物皆瞬息万变。
外面的世界很精彩。
如果不迈出探寻的脚步，
就无法体会其美妙之处。
你意想不到的世界，
走出去才能亲自体验。

第三十八期：【亚马孙】

探秘食人族（下）

生存是唯一的诉求，
大自然是仅有的条件。
野蛮但不贪婪。
淳朴没有杂念。
现代文明的冲突，
让我们一时迷茫；
但无须多虑，
人类文明会归于善，
归于美。
人性的选择，
最终会归于真理和爱。

第三十九期：【亚马孙】

英雄难过蚂蚁关（上）

什么是“让你忘记一切的疼痛”？

不仅仅是肉体上的，

更大的疼痛在内心深处。

勇气让你勇于面对痛苦，

而信仰是驱动勇气的源动力。

第四十期：【亚马孙】

英雄难过蚂蚁关（下）

成人礼的过程是自我超越的过程。

征服自己需要很大的勇气。

勇气能承担一切重负，

即便在这个过程中肉体倒下了，

但是只要意志屹立不倒，

就可以战胜一切苦难，

成为真正的勇士。

第四十一期:【马来西亚】

寻找海上吉卜赛人

生活不是风平浪静，
随时会迎来狂风暴雨。
请积极面对，
乌云后面依然是灿烂的晴天。
当你微笑面对生活，
生活便会像一首歌那样，
轻快美好。

第四十二期:【斯里兰卡】

特别篇·爱情朝圣之旅(上)

能厮守终生的爱情,
不只需要相遇的缘分,
更需要相守的勇气。
在相处的过程中认清爱情的本质。
爱是诚实,爱是尊重;
爱是勇气,爱是坚持;
爱是交流,爱是理解;
爱是信任,爱是责任;
爱是为对方改变,
做最好的自己。

第四十三期:【斯里兰卡】

特别篇·爱情朝圣之旅(中)

当爱情渐褪了光环,
渐减了光鲜,
温情大于激情,
亲情柔和了情爱;
把爱写在平淡里,
一辈子不离不弃。
执子之手,幸福终老。
待到暮年,心情恬然。
一起话生命的美好,
感受岁月的静美。

第四十四期:【斯里兰卡】

特别篇·爱情朝圣之旅(下)

爱即远行,步履不停。
踏过一百条长路,
看过一千种风景,
路过一万个陌人,
会发觉最亲爱的,
只有身边那一个人。
远行是更真实的追问,
也是更温暖的相守。
在远方,我们终将重新相识。

第四十五期:【台湾】

拔一条河

“自然”是一个复杂的系统，
它远比我们了解的要更加不可捉摸。
我们无法避免灾难，
在灾难面前，人类是渺小的；
我们可以战胜灾难，
在灾难面前，人类是伟大的。
灾难是敌人也是老师。
敬畏但不畏惧。
勇敢面对，战而胜之，
便能够看到一缕灿烂的光明。

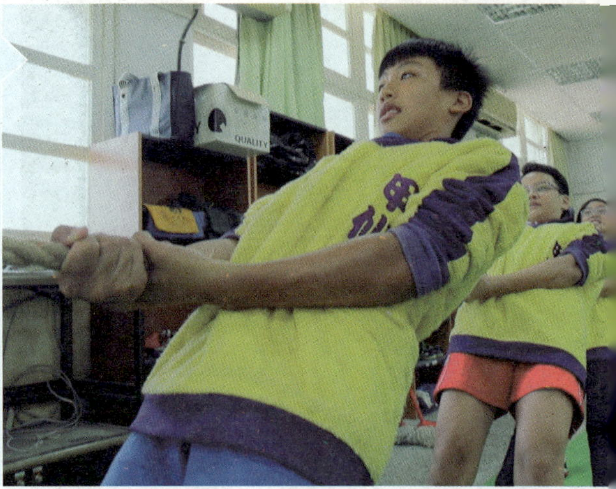

第四十六期:【台湾】

烈酒钢刀

钢刀不再为战争而生，
烈酒却是为友人而酿。
和平友好，共同发展，
是每一个人的责任。
相互关心、互相给予。
有爱的人生才是美好的，
有爱的社会才能激发人类的正能量，
焕发出勃勃生机。